光文社文庫

こちら弁天通りラッキーロード商店街

五十嵐貴久

KOBUNSHA

光 文 社

目次

Part1 逃げる 7
Part2 得利寺 34
Part3 シャッター 61
Part4 祈禱 89
Part5 百円コーヒー 116
Part6 おれはコンサルか？ 144
Part7 百円文房具 172
Part8 革命せよ 201
Part9 嵐 228
Part10 再会 255
Part11 終わりの始まり、始まりの終わり 282
解説 細谷《ほそや》正充《まさみつ》 310

こちら弁天通りラッキーロード商店街

Part1 逃げる

1

東京にはいられない。

おれは上野駅から電車に乗り込んだ。行き先もわからないまま、電車が走りだした。

平日の夕方だったためか、車内は空いていた。だが、座る気になれなかった。

他人からおれはどんなふうに見られていただろう。ブルージーンズ、ダンガリーのシャツ。手荷物は何もない。

サラリーマンとは思えない格好だった。実際、サラリーマンではない。

おれは赤羽《あかばね》に小さな工場を持っていた。単純に言えば印刷屋だ。

映画『男はつらいよ』に出てくる裏のタコ社長と同じようなものだと思ってもらえればいい。年齢は四十八だ。

早死にした親から引き継いだその印刷所を、必死になって二十年以上も守り続けてきたのだった。

どこでもそうだろうが、町工場の経営は苦しかった。毎日金策に追われていた。冗談ではなく、税務署に火をつけて死んでやろうと思ったことが何度もあった。

それでも何とかなったのは、自分で言うのも何だが、おれの経営手腕だっただろう。小さな工場だったが、小さいからこそ大手がやらないような仕事を、どんどん請け負っていた。

ただ忙しいだけで、金にはならないような仕事もあったが、これも付き合いだからと、おれはそれを受けた。

結果、回り回ってその時の付き合いが生きたような形になったことが何度もある。フットワークがいいのはおれの性格だ。

毎日が必死だった。それでも、何とかなってきた。おれは妻子を養い、五人の従業員の暮らしをどうにか守ってきた。

やっていけるはずだった。あんなことさえなければ。

おれは窓の外を見た。暗くなりはじめていた。

(あんなことさえなければ)

窓に映る自分の姿を見つめた。くたびれた中年男。それがおれだった。

身長百七十五センチ、体重七十キロ。不精髭《ぶしょうひげ》が伸び、その分頭髪は寂しくなっていた。ジーンズのポケットにはいくら入っているのだろう。千円か、二千円か。どちらにしてもそんなものだった。

(あんなことさえなければ)

おれはため息をついた。目をつぶる。一人の男の顔が浮かんだ。

(安間和成《やすまかずなり》)

それが男の名前だった。安間。あいつさえいなければ。

安間とは昔からの知り合いだ。年齢も同じくらいだ。安間は赤羽駅近くの不動産屋の社長だった。

安間はおれの客で、よくマンションやアパートのチラシを作ってやったものだ。それほど金になるわけではないが、支払いも確実だったし、上客だったと言ってもいい。

おれたちは月に一度ほど、どちらからともなく誘い合い、一緒に飲む仲間だった。その意味では普通の客とは違った。一歩踏み込んだ付き合いをしていた。

十年以上、おれたちはつるんでいた。それがいけなかったのかもしれない。

ちょうど一年前の十月のことだ。安間が儲《もう》け話があると言ってきた。

何のことだと聞くと、赤羽駅徒歩一分のマンションが、信じられないほど安い価格で売りに出た、と安間は言った。

「六階建てで全十二室、それで三億円だ」

ただし条件がある。売り主が急いでいるので、三億円を即金で用意しなければならないのだという。

おれは安間に誘われるまま、その物件を見にいった。安間の言葉は誇張でも何でもなく、本当に駅から歩いて一分の場所にそのマンションはあった。

築一年だと言う。おれには不動産の相場などわからないが、十億円と言われても納得できるような、そんな建物だった。

今、動かせる金が二億五千万ある、と安間が言った。

「残りの五千万は、銀行から借りるつもりだ」

「貸してくれるのか」

「大丈夫だ。心配はいらない」

安間は勝算有り気だった。本職の不動産屋が言うのだから、それ以上確かなことはないだろう。

「ただ、連帯保証人がいる。タケちゃんに頼みたいんだ」

タケちゃんというのはおれのことだ。笠井《かさい》武《たけし》。それがおれの名前だった。

「形式だけの話だよ」

安間が自信たっぷりにそう言った。保証人はなあ、とおれは首を振った。

「死んだ親父の遺言なんだ。借金の保証人にだけはなっちゃいけないって」

「そこを何とかさ。ホント、形だけでいいんだから。条件あるなら言ってよ。タケちゃんはハンコついてくれるだけでいいんだから」

安間はそのマンションを買ったら、すぐ賃貸にするつもりだと言った。赤羽駅から徒歩一分。全室2DKのその部屋は、最低でも十五万で貸すことができるということだった。

「全十二室で月百八十万になる。タケちゃんが連帯保証人になってくれれば、そのうち四室分の上がりを渡すよ」

安間は言った。四室ということは、月六十万円になる。それはおれにとって魅力的な数字だった。

結局おれは安間の連帯保証人になることを承諾した。細かい約束はいろいろあったが、今それを言っても始まらない。とにかく、おれは安間の持ってきた書類にサインをしたのだ。

そこから先は思い出したくもない。よくある話だ。安間はそのマンションの売り主である高杉《たかすぎ》という男に騙《だま》されていたのだった。

安間がどう騙されていたのか。簡単だ。銀行より金利が低いからという理由で、高杉の関係しているローン会社を紹介された。

安間は世慣れた男で、そんなところで騙されるはずはなかったのだが、高杉のやり口はよほど巧妙だったのだろう。あっさりとローン会社から五千万円を借りた。おれも説明を受けたのだが、確かにそのローン会社の金利は低かった。ただし、最初の三カ月だけだ。

四カ月目からは、借金が倍々に膨《ふく》れあがっていった。おれも安間も、何が起きているのかわからず、ただ状況を呆然としながら見ているしかなかった。

半年後、借金は二倍に膨れあがり、返すすべはなかった。どういう計算になっているのかわからなかったが、とにかくそういうことだった。

おれと安間は弁護士に相談したが、契約書通りなのでどうしようもない、という答えが返ってくるばかりだった。自己破産という方法もあったのだが、安間がそれだけは嫌だと言ったので、そのまま成り行きを見守るしかなかった。高杉のやり方に命の危険を感じたせいもあった。

安間が何を考えていたのかは、おれにもわからない。ただ、常に強気だった。

大丈夫だ、何とかなる、必ずうまくいく、タケちゃんには迷惑をかけない。口を開けばそう言った。

まあ大丈夫なのだろう、とおれも何となく思っていた。安間は不動産売買のプロだ。プロがそんなに簡単に嵌《は》められるわけがない。そう思っていたのは事実だ。

だが、それは希望的観測に過ぎなかった。安間が飛んだのだ。今から三カ月前のことだった。

安間がどこへ逃げたのかはわからない。とにかく、何の断りもなしに蒸発した。

赤羽にあった安間の不動産屋は、あっという間に取り壊された。最初からそれが目的だったのは、そうなってからわかったことだ。

安間のビルはマンションになる様子だったが、そんなことをのんびり言っている場合ではなかった。安間が逃げたため、借金の取り立ては連帯保証人であるおれにかかってきたのだ。

その取り立ては半端《はんぱ》ではなかった。何がどうなっているのかわからないまま、おれは先々月の八月の時点で、九千万円の借金があると知らされた。九千万。何だ、その額は。

弁護士や税理士に相談したが、驚いたことにすべて合法だと言われた。法外な利率だが、高杉と交わした契約書にその旨はすべて記されていたという。そして安間が逃げた以上、借金を払うのはおれしかいないというのが結論だった。

それから二カ月間、おれと高杉との攻防は続いた。言うまでもないが、高杉はただの金貸しではなかった。暴力団の人間だった。二カ月、おれは耐えたが、それが限界だった。

借金の総額は元利合わせて一億を超えていた。何がどうしてそうなったのか、さっぱりわからないまま、おれの自宅と工場は高杉のものになった。

どうしようもなかった。最後の手段として、おれは女房と離婚した。

女房も何がなんだかわからなかっただろうが、他に手はなかった。これ以上被害が広がるのを防ぐには、そうするしかなかったのだ。

工場の従業員はすべて解雇した。何もできなかった。おれは彼らに土下座して詫《わ》び、あるだけの金を渡した。

妻子を捨て、自宅を取られ、工場を取られ、そして生まれた時から住んでいた赤羽の町を捨てた。どこへ行くのかわからないまま、電車に乗っている。それがおれだった。

2

高崎《たかさき》で電車を乗り換えた。もう夜だった。

ローカル線に乗り込むと、雨が降ってきたのがわかった。最初はぽつぽつと降っている程度だったが、だんだんと雨は勢いを増していくようだった。

(女房は)

美津子《みつこ》は大丈夫だろうかと思った。事情はずっと何カ月も説明してきたつもりだ。借金が膨れあがっていくのを、どうすることもできずにいたおれの立場を理解はしてくれただろう。お前には迷惑をかけられない、とおれは離婚届にハンコをついて渡してきた。

女房は泣いていた。だが、どうすることもできなかった。

（幸治《こうじ》）

息子のことを思った。幸治は十一歳だ。何があったのかわかる年頃でもあった。

申し訳ないことをした。何とか無事に育ってほしい。そう思った。

電車が大きく揺れた。雷が光った。近い。外は大雨だった。

（寒い）

もう十月も半ばだ。おれは長袖のダンガリーシャツを着ているだけだった。

車内は節電のためなのか、それとも別の理由があるのか、暖房はついていなかった。

それから一時間ほど乗っていただろうか。電車が速度を落とし、車内アナウンスがあった。

「……次は終点、おおまえどまり、おおまえどまり」

おおまえどまり。どんな字を書くのだろう。聞いたこともない駅名だった。

だが、どうしようもない。終点というのだから、降りなければならないだろう。

おれは腕にはめていた時計を見た。夜十時だった。

電車が停まり、ドアが開いた。他の乗客が降りていった。

おれもそれに従った。駅に看板があった。大前泊と書いてある。こんな字を書くのか、と思った。

人がいなくなるのを見計らって、おれは自動改札を飛び越えた。電車賃などまともに払う気は最初からなかった。そんな余分な金はないのだ。

駅員が一人、おれの方を見ていたが、何も言われなかった。もしかしたらおれのことなど見ていないのかもしれなかった。

駅前はロータリーになっていて、タクシーが数台停まっていた。おそらくバスもくるのだろう。そんな感じだった。

(腹が減った)

赤羽を出てから何も食べていなかった。もう十時間ほどになる。最後に食ったのはアンパンだった。

ポケットを探った。出てきたのは二枚の千円札と小銭が数枚だった。二千百九十円。それがおれの全財産だった。

しばらく駅前をうろうろした。だがそこには何もなかった。人通りもなかった。何なんだ、ここは、と思った。

雨が降っている。相当な雨だ。すぐにおれの体は全身ずぶ濡《ぬ》れになった。どうにもならない。

ロータリーの向かい側に、一軒だけぽつんと明かりのついている店があった。コンビニだ。どんなところでもコンビニはあるものだ。

他に選択肢はなかった。おれはコンビニに駆け込んだ。

若い男が雑誌を読んでいるのが目についた。店員が一人いる。暇そうだった。入ってきたおれを見ても、いらっしゃいませとは言わなかった。やる気もないようだ。おれはしばらく店内をうろつき回った。残りすくない髪の毛が雨でぐっしょりと濡れていた。

頭を手でこすっていると、しばらくするうちに乾いてきた。髪の毛が少ないというのも、こんな時だけはいいものだ。

おれの足が止まった。弁当コーナーの前に出ていた。

値札が目についた。四百五十八円と記されている。馬鹿野郎。そんな大金、払えるわけないじゃないか。

猛然と腹が立ってきた。もうどうでもいい。何とでもしろ。

おれは手を伸ばし、最初に触れた弁当を鷲摑《わしづか》みにした。万引きだ。万引きしてやる。文句あるか。文句があったら、おれを捕まえて警察にでも何にでも突き出せ。

弁当を手に持ったまま、店の出口に向かった。自動ドアが開いた。

振り向いた。店員がこっちを見ていた。

(何だよ、この野郎)

やんのか、とおれは店員を睨《にら》んだ。何も言わず、店員が目を伏せた。

関わりたくない、と思っているのがわかった。弁当ひとつで揉《も》めたくないのだろう。

おれだって、やりたいわけじゃない。どうしようもないのだ。これはどうしようもないことなんだ。

おれのことは放っておいてくれ。無視しろ、この野郎。おれは店員を再び睨んだ。店員が一歩下がった。

(それでいい)

ドアから外に出た。雨が強く降っていた。

3

弁当を持ったまま歩きだした。雨だ。どこか屋根のあるところはないか。おれは急ぎ足で歩いた。

不幸中の幸いというべきか、コンビニから少し離れたところにアーケードがあった。商店街なのだろう。

もうこんな時間なので、どの店もシャッターを降ろしているが、それも都合がよかった。

おれはアーケードに駆け込んだ。

〈弁天通《べんてんどお》りラッキーロード商店街〉

くたびれた看板が目の前にあった。その横を通り抜けてアーケードの中に入っていく。

真っ暗だった。

(節電か？)

歩きながら考えた。何しろ真っ暗闇で、街灯ひとつついていなかった。ぽつんぽつんと非常用のグリーン灯があるだけだ。

座れる場所を探した。腹が減っていた。持っている弁当を食べればそれでいいのだが、まさか立ち食いというわけにもいかないだろう。

だが、商店街には何もなかった。ベンチひとつない。

何かあってもいいだろう。休憩所のひとつやふたつ、あってもおかしくない。この広さだ。

商店街のアーケードはどこまでも続くように見えた。果てしなく店が軒《のき》を連ねている。だが何もなかった。座れるような場所は見つからなかった。

(しょうがない)

おれはグリーンに光る非常灯の下に立った。ここで立ったまま飯を食うか。

すると、商店街の奥の方から、明かりがちらちらと見えた。こっちへ近づいてくる。

あれは何だ、と考えるまでもなく、自転車が見えた。乗っていたのはおまわりだった。
(ヤバイ)
さっきのコンビニの店員が通報でもしたのだろうか。どうする。このままここで立っているか。それとも歩きだすか。

自転車が近づいてきた。おれは何も考えないまま、歩を進めた。距離が近くなる。十メートル、五メートル、一メートル。

自転車が通り過ぎていった。何事もなかったかのように、自転車は速度を落とすことなく、そのまま走り去っていった。乗っていたおまわりは、おれを見ようともしなかった。

ため息が漏《も》れた。額に手をやると、冷や汗でそこは濡れていた。

前に進もう。ここにいたんじゃ何があるかわからない。またおまわりがきて、職務質問でもされたら面倒だ。

おれは歩いた。アーケードは全体で二百メートルぐらいあるようだった。

どこの店もシャッターを降ろしている。まあ、こんな時間だ。それも当たり前だろう。

とうとう、アーケードの終点に着いた。その先は雨でよく見えない。住宅地のようだった。

どうするか。おれは左右を見た。

(ん?)

視界の端に、大きな門が映った。それは寺だった。

寺なら誰かいるだろう。事情を話せばそこで食べていきなさいと言ってくれるかもしれない。もしかしたら一夜の宿を貸してくれるかもしれない。こういう時のための寺だろう。

困っている人を助けるのが坊主の務めだ。おれは通りを渡った。大粒の雨がおれの顔に当たった。

(ひどい雨だ)

ついてない。おれの人生はついていなかった。何もいいことなどなかった。それがおれだ。

「すいませーん」

おれは門に手をやった。動く。門が開いた。ありがたいことだ。

「すいませーん、誰かいませんか」

門構えは広いが、中に入ってみると寺は小さかった。小さな建て売り住宅のような造りだ。

「誰かいませんか」

助けてください、とおれは叫んだ。返事はない。明かりもついていない。寺まで節電なのだろうか。

「すいません、誰かいませんかね」

おれは側面にある玄関の扉を叩《たた》いた。返事はない。もう寝ているのだろうか。

坊主のことなどよく知らないが、早寝早起きというイメージはあった。

「すいませーん」

もう一度言った。何も変わらなかった。おれは扉のノブに手をやった。動かない。鍵がかけられているのだ。

さて、どうするか。おれは寺の正面へ回った。大きな賽銭箱《さいせんばこ》が目についた。その上に鈴がある。紐《ひも》を引いて鈴を鳴らした。

「すいませーん、誰かいませんか」

ガランガランと大きな音がした。だが、中で誰かが動く気配はなかった。静かなままだ。

おれは前を見た。雨戸が閉まっている。とはいえ、完全に閉じているわけではない。隙《すき》間《ま》があった。

おれは雨戸のところまで行き、二、三度揺すってみた。案外簡単に開いた。

(こりゃ不法侵入だなあ)

さっきのおまわりを思い出した。あのおまわりがここへ来て、この光景を見たら何も言わずにおれを捕まえるだろう。当然のことだ。

(来ませんように)

拝むような姿勢でつぶやいた。中に入ると、十畳ほどの和室だった。まあ、畳だろう。フローリングの寺など、聞いたことがない。

座布団が四、五枚並んでいた。部屋の奥をのぞき込むと、そこにも座布団が積み重ねられていた。

おそらく、ここで坊主がお経をあげたりするのだろう。すみません、とおれは少し大きな声で呼びかけた。

「誰かいませんか？」

返事はなかった。おれは部屋のあちこちを探してみた。障子で仕切られている部屋があった。

壁を手で探った。スイッチ。押してみると、電気がついた。

そこは三畳ほどの広さの部屋だった。坊主が待機する場所のようだ。座布団が一枚ある。ただそれだけの部屋だ。

「誰かいませんかね」

もう一度言った。いいかげん、誰か出てきてほしい。別におれは泥棒に入ったわけではないのだ。

確かに、さっき万引きをした。申し訳ないと思っている。もし言われればちゃんと金は払いたいし、その用意もあった。

だが、この寺に入り込んだのは泥棒をするためではない。とりあえず雨が止《や》むまで、いさせてもらおうと思っただけのことだ。弱ったな、とつぶやいた。

部屋の奥に扉があった。そこはキッチンだった。英語が場にそぐわないとするならば、要するに台所だ。

ガスコンロが二つあった。火をつけてみようと思った。単純に寒かったからだ。おれの体は雨でぐっしょりと濡れていた。

スイッチを入れる。つかない。もう一度チャレンジしてみたが、やっぱりつかなかった。

(電気はつくが、ガスはつかない)

どういうことなのか。試しに水道の蛇口《じゃぐち》をひねると、そこから水が出てきた。

おれは手でコップを作り、水をひと口飲んだ。うまかった。

(台所があるということは)

辺りを見回した。思っていた通り、トイレがあった。ちょうど溜まっていたので、借りることにした。

壁にスイッチがあったので、それを押すと、トイレの明かりがついた。ユニットバスと言えばいいのだろうか。バスタブはない。シャワーがあるだけだ。

とにかく、今は風呂はどうでもいい。いや、冷えた体を温めたかったから、風呂というのも重要な問題だったが、とりあえずはどうでもいい。

おれはトイレに向かって小便をした。そんなに便器は古くなかった。少なくともよく手入れのされている便器だった。

レバーをひねると水が出た。どうなっているのだろう、この寺は。

おれはトイレを出た。そのまま奥へ進む。

誰かいませんか、と声をかけながら、もう一枚の扉を開いた。右手に寝室があった。なぜわかったのかと言えば、布団や毛布が置いてあったからだ。

そして左側を見ると、そこは玄関だった。おれがこの寺に入ってきた時、開けてみようと思ったのは、この玄関の扉だ。確認すると、鍵がかかっていた。

どうやら寺の中はこんなもののようだった。とにかく、明かりはつく。水も出る。ガスはつかないがシャワーもある。寝場所もある。そういうことだった。

「誰かいませんか」

おれは怒鳴った。誰も出てこなかった。どうやらこの寺は無人らしい。

坊主は通いで来ているのだろうかと思った。いや、待て。毛布や布団はある。それに、妙にきれいに片付けられている。

いったいどういうことなのか。おれにはさっぱりわからなかった。

(とりあえず、飯だ)

おれは三畳間の和室に戻った。机はない。だが、その部屋が一番落ち着いた。狭いせいかもしれない。

おれは万引きしてきた弁当を見た。その時初めてわかったことだが、おれが万引きしてきたのはカツ丼弁当だった。手当たり次第盗んできたつもりだったが、カツ丼とは思わなかった。

（温めたいな）

カツ丼はすっかり冷えていた。レンジがあればいいのだがと思ったが、台所にそんな便利なものはなかった。仕方がない。冷えたカツ丼を食うことにしよう。

カツ丼を包んでいたラップを開いた。おや。カツ丼の周りを手で探った。

（箸《はし》がない）

おれはコンビニでカツ丼を万引きしてきた。弁当には二つのタイプがある。箸がついているタイプと、レジで渡されるタイプの二つだ。そして、おれが万引きした弁当は後者だったのだ。

（冗談じゃねえぞ）

箸がなければ飯は食えない。おれは台所に戻った。戸棚があったから、引きだしを片っ端から開けて箸を探した。

だが、箸どころかスプーンもフォークも見つからなかった。どうしてくれよう。

（どうすりゃいいんだ）

寺には庭があったのを思い出した。庭には木ぐらい生えているだろう。

当然、木には枝がついている。ちょうどいい長さの枝を折ってきて、箸の代わりに使えばいいのではないか。

小部屋を出て十畳間に戻った。雨戸を開ける。待っていたのは大雨だった。

とても外に出る気にはなれない。それに、ざっと見たところでは、箸の代わりになるような、そんな都合のいい木はなかった。

諦《あきら》めて小部屋に戻った。ぽつんとカツ丼が置かれている。蓋《ふた》を開いた。弁当は冷えきっていた。

（どうする）

どうしようもなかった。おれは右手を使って、カツを一枚取り上げた。口の中に入れる。ほとんど味はしなかった。冷えたカツと卵の感触が残るだけだ。

（くそ）

こうなりゃやけだ。米の部分をすくいあげて、そのままほお張った。冷たかった。

いきなり涙がこぼれてきた。おれは何をしているのだろう。

こんな名も知らぬような町へ来て、コンビニでカツ丼を万引きし、誰もいないのをいいことに寺に入り込んで、そこで箸もなしに弁当を食っている。

あまりの情けなさに涙が止まらなかった。何でこんなことになったのか。

ついこの間までは、女房が温かい飯を作ってくれていた。子供がその辺を走り回っていた。落ち着きはなかったが、それなりに幸せな場所があった。

それなのに、どうして。

（安間）

あいつが逃げたせいだ。いや、もっとよく考えれば、自分の責任だった。うまい儲け話に乗っかろうとしたおれの浅はかな心が、この事態を招いたのだ。

泣きながらカツ丼を食い切った。明日からどうしよう。どうすればいいのだろう。おれには何もない。何も残っていなかった。

(自殺)

そんな考えが頭をよぎった。それもいいだろう。

幸い、ここは寺だ。明日になれば坊主の一人も来るだろう。首をくくって死んでいるおれを見つけたら、供養してくれるに違いない。

そうだ、死のう。それしかないのだ。

ただ、とりあえず今ではない。おれはカツ丼をきれいに食べ切っていた。

今のところは静かで平和だった。何をする気にもなれない。

台所に行き、水道の蛇口から直接水を飲んだ。ついでに顔も洗った。タオルがなかったので、シャツの袖で顔を拭《ぬぐ》った。

(寝よう)

何だかんだで、もう十一時を回っていた。疲れていた。寝るしかない。寝させてくれ。

扉を開いて、布団のある部屋に入った。使ってもいいのだろうか。

布団がきれいに畳んである。まあ、いいのだろう。どうせ迷惑をかけるのだ。ついでと思えばそれでいい。

おれは布団をしいた。修行のためかどうかはわからないが、やけに薄い布団だった。毛布も一枚しかない。

濡れたダンガリーのシャツとジーンズを脱ぎ捨て、毛布をかぶった。寒い。寒すぎる。だが、シャツもジーンズも乾いていなかった。そんなものを着て寝たら、余計に寒いだろう。

おれはTシャツとパンツ一丁で布団の外に出た。何か着替えはないだろうか。坊主だって、寒い時にはトレーナーぐらい着るはずだ。

すべての部屋を探したが、パジャマ一枚出てこなかった。どうもよくわからないのだが、この寺には生活感というものがなかった。

そのわりにはきれいで、掃除が行き届いているのはなぜだろうかと思ったが、それどころではなかった。

おれはあらゆる所を探した結果、袈裟《けさ》を見つけていた。坊主が葬式の時に着るような金色の着物だ。

ごわごわして寝にくいのも確かだったが、何もないよりはよほどましだった。その袈裟を着て、布団のある部屋に戻った。

袈裟を着たまま毛布の間に潜《もぐ》り込むと、何となくそれなりに格好がついた。

（疲れた）

一瞬で、おれは深い眠りに落ちていた。

4

夢を見ていた。

女房と子供の夢だった。二人が並んで歩いている。おれはその後ろを歩いていた。何か買い物をしたのだろう。二人はデパートの紙袋を提げていた。

（おーい）

おれは呼びかけた。ちょっと待ってくれ。お前たち、足が速すぎないか。

足を速めた。三人で一緒に行こう。どこへ行くのかわからないが、三人一緒に。

その時、おれと女房たちの間に、男が一人割り込んできた。おれはその男のことを知っていた。高杉だ。

インテリやくざを絵に描いたような風貌をしている。長身、やせ形、ダブルのスーツ。

待て。待ってくれ、高杉。女房子供には関係のない話だろう。やめろ、入ってくるな。放っておいてくれ。

おれは走った。走っても走っても、女房たちに追いつくことはできなかった。

高杉が女房の肩に手をかけた。やめろ、何をしている。ふざけるな、高杉。女房は関係ない。おれと話せばいいだろう。

高杉が何か話しかけている。女房が無言で聞いている。子供がその辺を駆け回っている。

やめろ、高杉。借金の話はしないでくれ。おれと話してくれ。お前の目的はおれだろう？　おれと話せ。

おれは走った。これは夢だ。悪い夢なのだ。そんなことはわかっている。わかってはいたが、走るのを止めることはできなかった。

追いついた。おれは高杉の肩を摑んだ。振り向かせる。

高杉がおれを見た。顔には何もなかった。目も鼻も口も耳もない。のっぺらぼうだった。

（高杉！）

そこで目が覚めた。そうだ、すべては夢だったのだ。

おれは寝汗をかいていた。腕にはめたままの時計に目をやった。朝の七時だった。

深いため息をついてから、布団の上に立ち上がった。体がちょっとふらついた。

さて、どうするか。まず小便に行った。それから水道で顔を洗った。袈裟が邪魔だったが、何とかそれぐらいのことはできた。

おれは床に脱ぎ捨てていたダンガリーシャツとジーンズに手をやった。まだ湿っている。しばらくは着替えなど、できないだろう。

雨戸を開けた。昨日の雨が嘘《うそ》だったかのように、よく晴れていた。青空が美しかった。さて、どうしよう。おれは無意識のうちに庭に生えている木を見ていた。大きな松の木が一本あった。

あれならいいだろう、と思った。あの木なら、おれの体重を支えてくれるはずだ。

問題はロープだなと思った。この寺にそんなものがないことを、おれは知っていた。

それにしても、朝から首をくくっていいものだろうか。やっぱりああいうものは夜やるべきではないだろうか。

まあいい。そんなことを考えていても仕方がない。とにかく、ロープの代わりになるものを探さなくては。

その時、表で音がした。門が開く音だ。誰だ。坊主が来たのか。おれは音の方向に目をやった。

入ってきたのは年寄りの二人組だった。両方とも七十は超えているだろう。

ジジイとババアだ。雰囲気からいって、二人は夫婦に見えた。

おれを見つけたのはババアだった。無言のまま、目を丸くしている。すぐにジジイも気づいた。

ひえっという叫びが聞こえた。おれは慌《あわ》てて雨戸の陰に隠れた。

ジジイとババアは動かなかった。二人が顔を見合わせている。そのままゆっくりと後ずさっていき、門から表に出ていった。

（何だったんだ、ありゃ）

とにかく、見つかってしまった。あの二人の老人がこの寺とどういう関係があるのかわからないが、お参りにでも来たのだろう。この辺に住んでいるであろうことは、着ているものからもわかった。

（どうするか）

逃げるか。だが、どこへ逃げればいいだろう。おれはここで死のうと思っていたのだ。するとと、さっき出ていった二人がまた戻ってくるのが見えた。おれの方にまっすぐ近づいてくる。

何なんだ、おれがいったい何をしたっていうんだ。どうしていいのか、おれにはさっぱりわからなかった。

Part2 得利寺

1

ジジイとババアが思いきり深くお辞儀をした。誰にだ。おれなのか。

「これはこれは御前様《ごぜんさま》」

ジジイが言った。何だ、ゴゼンサマっていうのは。おれは酔っ払って夜中に帰ってきたわけじゃないぞ。

ジジイがババアに耳打ちした。うなずいたババアが深々と頭を下げてから、寺を出て行った。

「御前様、お待ちしておりました」

ジジイが言った。おれを待っていたというのか。そんな馬鹿な。おれはこの土地に初めて来たんだぞ。

「いつお着きになられたのでございましょうか」

ジジイが微笑《ほほえ》んだ。

「そりゃあ……昨日《きのう》だ」

おれは口を開いた。この爺《じい》さんが何を言っているのかはよくわからないが、どうやらおれを坊主と勘違いしているようだった。

坊主。おれはそんなもんじゃない。お経のひとつもあげられないのに、そんなことを言われても困る。

「ずっとお待ち申し上げていたのでございますよ」

ちょっぴり恨《うら》みがましい目でジジイがおれを見た。申し訳ない、と話の流れ上仕方なく、おれは頭を下げた。

「とんでもない。とんでもございません」ジジイが慌てたように言った。「ただ、先代の御前様が亡くなられてから、もう二年経ちますので」

前任者は二年前に死んだらしい。それ以来、後釜《あとがま》は来なかったということなのだろうか。

「ずっと大阪の本寺《ほんじ》にはお願いしておったのですが、なかなか色よい返事がもらえなかったものでして」

ふうむ、そうなのか。おれは袈裟を着たまま腕を組んだ。

まあ、気持ちはわかる。大前泊などという、誰も名前を聞いたことがないような土地に来たがる坊主がいるとは思えなかった。

「そろそろ来ていただけるかとは思っておりましたが、まさか今日とは」

ジジイが薄く笑った。おれは黙っていた。

「着いたのは昨夜でございましたか。雨の中、大変でございましたね」

「……まあ、そうだ」

「昨夜は凄《すご》い雨でしたからな」

「そうだな」

「傘は？　お持ちでしたか？」

「持ってない」

「そうでしょうなあ……いや、大変なことで」

ジジイが言葉をとぎらせた。おれは質問をしてみることにした。

「爺さん、あんた名前は？」

「木場《きば》と申します。商店街の組合長をやらせていただいております」

「さっきのは奥さんだね」

「さようでございます」

どうでもいいが、この爺さん、時代劇の見過ぎなんじゃないだろうか。使ってる言葉が妙に古臭い。

「木場さん、組合長ってことは、商店街の人なんだね」

「さすがは御前様。よくおわかりで」

よくおわかりも何も、他に考えようがなかった。当たり前のことを言って感心されるのは、あまり愉快なことではない。

「それで、組合長の木場さんは何の店をやってるんだい？」

「喫茶店でございますよ」

木場の爺さんが苦笑した。どういう意味があるのやら。

「はやってるのかい」

「とんでもございません」木場が手を顔の前で振った。「もう本当に客が来なくて」

「へえ、そうかい。どこも苦しいんだな」

「その通りでございます」

喫茶店の経営については、昔、ちょっと聞いたことがあった。一日三十杯コーヒーが出れば、利益は出るものだという。木場の店はどれぐらいのものなのか、聞いてみたくなった。

「木場さん、あんたの店には、客が一日何人ぐらい来るのかね」

「さあ……四、五人でしょうか」

おれはまばたきをした。四人か五人？　そんなに客が少なくて、よくやっていけるな。

「やってはいけません。店を開けているだけで、赤字でございます」

「そりゃそうだろう」

「ですから、御前様をお待ちしていたのでございます」

何だ何だ。借金の申し込みか。おれは金なんか持ってないぞ。

「いえいえ、簡単なことでございます」

「何だ」

「わたしら夫婦がポックリ逝《い》ってしまえるように、ご祈禱《きとう》していただければよいのです」

ポックリ？　ご祈禱？　どういう意味だ。

「先代の御前様は見事な方でございました」木場がうなずいた。「商店街の皆の者のことを思うあまり、自らがポックリ逝かれてしまいました。さすがは御前様と、みんなで噂《うわさ》したものでございます」

「すまんが、その話は聞いてないんだ」おれは言った。「先代はどんな死に方をしたんだ？」

「二年前のちょうど今頃の季節のことでございます。先代はこの寺の布団の上で亡くなられました」

しみじみと木場がうなずいた。

「布団の上で？」

「さようでございます。死因は脳卒中でございました」

おれは両肩を抱いた。そりゃあ、大変だ。

「先代は歳は何歳だったのかな」

「五十代の半ばと聞いております」

おれたちは視線を交わした。その時、さっき出ていった木場の女房が戻ってきた。後ろに二十人ほどの老人を引き連れている。

ああ、とか、おお、という声がした。みんな、おれを見ている。両手を合わせて拝んでいる者もいた。

「御前様」

木場が言った。老人たちが唱和した。

「御前様」

「どうかわたしたちを安らかな眠りにつかせてくださいませ」

「どうかわたしたちを安らかな眠りにつかせてくださいませ」

皆が大声で叫んだ。どうしていいのかわからず、気がつけばおれも両手を合わせて祈っていた。

「そもそも、この寺は江戸時代後期、蓬萊宗《ほうらい》の偉いお坊さま、愚庵《ぐあん》様が建てたものでございます」

おれたちはみんな寺のお堂に上がっていた。おれは仏像を背中に座っていた。

みんながおれを見ている。立ち上がって喋《しゃべ》っていたのは、商店街の組合長である木場の爺さんだった。

「もともとこのトクリ寺は今の二倍、いや三倍の広さがあったのですが、戦争で今の場所に移されたのでございます」

トクリ寺。どんな字を書くのだろう。おれの質問に答えるように、木場が説明してくれた。

「損得の得に利益の利。まことに現世利益《げんぜりやく》を唱《とな》えた愚庵様らしい名称でございますな」

みんなが深々とうなずいた。気の早い奴は両手を合わせておれを拝んでいる。

おれを拝んだって、何にも出てこないのだが、まあ止めるほどのことではない。放っておくことにした。

2

「それ以来、一度拝めば現世の願いがかなう寺として、長く地域の信仰の対象となっておりましたが、何しろこの不景気でございます。訪れる者も少なくなり、先代の御前様が亡くなられてからは、廃寺《はいじ》も同じとなっておりました」

ふうむ、そうなのか。おれの運も捨てたものではないらしい。

とにかく、屋根があって寝床がある場所を手に入れたのだ。ラッキーと言っても差し支えないだろう。

「しかし、このたびついに、新しい御前様がこの得利寺にいらしてくださいました」

拍手が起こった。老人のうち何人かは泣いていた。泣くことはないだろうに。

「わたしら、これまで以上に精進しますので」座っていたジジイの一人が言った。「よろしくお願いいたします」

何を精進するんだ、とおれは小声で木場に聞いた。そうですなあ、と木場が辺りを見回した。

「この寺の掃除、洗濯、炊事などでございましょうか」

炊事と聞いておれの腹が鳴った。腹が減った。何か食わせてくれ。

「掃除もやってくれるのか」

おれは聞いた。はい、と全員がうなずいた。

「持ち回りで……つまり当番制で寺の掃除を続けてまいりました」

木場が言った。なるほど、だから廃寺とか言いながらも、この寺はけっこう清潔だったのだ。

「そりゃあ、手間をかけたなあ」

「何をおっしゃいます、御前様」木場が手を振った。「檀家《だんか》としては当たり前のことでございます」

ついでに聞くがな、とおれは言った。

「この寺は電気はつくし、水道も出る。だがガスはつかない。何でかな」

火事の用心のためでございます、と木場が答えた。「火が出たらそれこそ一大事。ガスは元栓から閉めてあります」

「ああ、そうなのか」

聞いてみれば簡単なことだった。そういうわけか。

「昨夜はここで過ごしたそうですが」別の老人が手をあげた。「何かご不自由なことはございませんでしたか」

「寒かったな」おれは唇を曲げた。「メチャメチャ寒かったぞ」

「高田《たかだ》さん、高田布団さん」

木場が手を叩いた。奥の方に座っていた六十歳ぐらいの男が、ゆっくり立ち上がった。

「御前様が寒いとおっしゃっておられる。布団の方は大丈夫ですかな」

「寝具はお預かりしております」高田と呼ばれた男が言った。「厚手の布団一式、わたし

「今日、今すぐにでもこの寺に届けていただけますかな」

木場が言った。いや、別に今すぐはいらない。夜までに持ってきてもらえればそれでいいのだ。

「それと、あと生活用品が何もないのだけれど」

おれは木場を見た。生活用品、と木場が顔をあげた。

「例えば何でございましょう」

「コップとか、箸とか、スプーンとか、とにかく生活に必要なものが何もない。なぜなんだ」

こういう世の中でございますから、と木場が言った。

「泥棒に入られでもしたら、面倒なことになりますので、すべて預かっております」

「ふむ」

「鳴子屋《なるこや》さん、鳴子屋さん」

木場が言った。総白髪《しらが》の老人が手をあげた。

「はいはい」

「御前様がそうおっしゃっておられます。あなたのお店で預かっていますね」

「はいはい」

「他にも必要なものがあるでしょう。あなたのところで見繕《みつくろ》って、この寺に届けてください」

「わかりました」

老人がうなずいた。おい、とおれは言った。

「鳴子屋さんてのは何だ」

「商店街にある雑貨屋でございます」木場が小声で言った。「鳴子屋さんに頼めば、ひと通りのものは揃《そろ》います」

そうなのか。なかなか便利なものだ。

「じゃあ、ストーブをひとつ貸してもらえないかな。この寺は隙間風がひどい。夜になると寒くてたまらん」

それでしたら、河野《かわの》電器さんに頼んでおきましょう、と木場がうなずいた。「今日は来ておりませんが、何、電気ストーブの一台や二台、いつでも用意できるはずです」

じゃあテレビも、と言いかけておれは慌てて口を閉じた。坊主がそんなものを欲しがったらおかしいだろう。

「他に必要なものがございましたら、何でもおっしゃってくださいませ。すぐ用意させていただきますので」

「すまんな」

「何をおっしゃいます。すべては御前様のため、すべてはこの商店街に住む我々のためでございます」

それがわからん、とおれは首をひねった。

「何でおれのために尽くすのが、あんたらのためになるのかね」

「そりゃあ、願いをかなえてほしいからでございますよ」

おれの目の前に座っていた背の低い老人が言った。その通りでございます、と木場が話を引き取った。

「願いって何だ」

おれは言った。木場の顔に影が射した。

「それは……つまり、わたしらをポックリ逝かせていただくということでございます」

「ポックリ？」

そういえば、さっきもそんなことを言っていた。いったい何をポックリさせたいのだろう。

「恥ずかしながら、わたしらラッキーロード商店街組合員の平均年齢は六十を超えております」

「そうか」

確かに、年寄りが多いと思った。というか、見渡す限りみんな老人だった。

「この商店街に、もう未来はございません」

何だかとんでもない話になってきたぞ。

「先に望みはありません。現世に未練もございません。ただ、長患いで床《とこ》につくようなこと、認知症、寝たきり、徘徊《はいかい》、それだけは嫌でございます」

「まさか、それでポックリ逝きたいと？」

木場が深く頭を下げた。お願いいたします、と他の連中も同じようにした。いったいどうしたらいいのやらと思いながら、おれは腕を組んだ。

3

このラッキーロード商店街は、戦後造られたものでございます、と木場が話し出した。

「当時、この近辺でアーケードつきの商店街というものはまだ珍しく、大前泊に住む者はもちろん、他の地域からも大勢のお客様が来ておられました」

なるほど。それで？

「ですが、そんな形で盛り上がっていたのは昭和まででございます。平成二年、駅の反対側に大規模なショッピングモールができました」

「そうか」

はい、と木場が頭に手を当てた。

「ジャストショッピングモールというのがその名前です。ジャストは地下二階、地上八階建て、総面積一万八千坪という巨大なモールでございました」

「そりゃ大変だな」

おれは言った。おれにも似たような経験があったのだ。

おれの印刷工場は赤羽の東の外れにあった。五年ほど前のことだが、その目と鼻の先に最新式の設備を整えたでかい印刷工場ができることになったのだ。

その時はさすがにおれも焦《あせ》った。ただ、後になってわかったのだが、その工場は全日本《ぜんにっぽん》印刷だか新日本《しんにほん》印刷だかの子会社で、おれの工場ではとても請け負えないような大量印刷物を扱うのがメインの業務だった。

そのためうまく棲み分けができたから、大事には至らなかったのだが、しばらくは肝《きも》を冷やしていたのも事実だった。

ショッピングモールと商店街では、もろに戦争状態になってしまっただろう。おれが大変だったろうと言ったのは、その辺の事情がわかっていたからだ。

「相当、厳しかっただろうな」

人の流れが変わりました、と木場が沈痛な表情を浮かべた。

「最初から、モールができたら危ない、という予測はございました。御前様はもうご存知かと思いますが、大前泊は首都圏のベッドタウンであります。駅前を一歩離れれば、そこは住宅街」

「うむ」

そんなことは知らなかったが、とにかくおれはうなずいた。木場が話を続けた。

「モールができあがるまでは、あれほどにぎわっていたこのラッキーロード商店街から、波が引くように人がいなくなったのでございます」

「みんな、新しいモールへ行ったか」

「はい。大前泊は車社会でございます。モールには五百台分の駐車場が併設されておりました。客はみんな、そちらへ流れていったのです」

「なるほどなあ」

おれはうなずいた。木場が顔を手のひらでこすった。

「それ以来、二十年ほどが経ちますが、このラッキーロード商店街は死んだも同然でございました。誰も客のこない商店街など、死人も同然でございます」

「それでポックリ逝きたいってわけか」

「はい。二十年前、わたしらは平均年齢四十五歳ぐらいでありました。二十年後の今、当然その分だけ歳を重ねております。今では最年長者が八十七歳、平均六十五歳の者しかおりません。もうよろしいでしょう。ポックリ逝かせてくださいませ」

ううむ、とおれは唸《うな》った。気持ちはわかる。おれだって死にたい。だが、人をポックリ逝かせる能力がおれにないことも確かだった。

「人間には寿命ってものがある」おれは言った。「寿命をまっとうするまでは、死ぬことはできないんじゃないのかな」

「そこを何とか、御前様のお力にすがって」

お願いいたします、と座っていた老人たちがその場で土下座をした。待て、待ってくれ。顔を上げてくれ。

「もうわしら、死ぬより他にないのです」

中ほどに座っていた黄色いトレーナー姿の爺さんが叫んだ。そうだ、そうだと全員が口々に言った。

「そんなことを言われてもなあ……」

おれは腕を組んだ。先代の御前様は、と木場が口を開いた。

「まことに立派なお方でございました」

「そうなのかい」

「五年前からこちらにいらしていただいたのですが、それから三年間でポックリ逝かせた数が二人」

「たまたまじゃないのかなあ」

「めっそうもございません。先代のご祈禱は、岩をも砕くと言われたものでございました」

「その……二人ってのは、どういう死に方をしたんだい」

「一人は文房具屋の主人でありました。確か七十七か八か、そこらだったと思います。亡くなったのは四月の桜の季節でございました。眠りながら息を引き取ったのです」

「その前の日まで元気じゃった」一番外に座っていた老人がぽつりとつぶやいた。「わたしらと一緒にお茶まで飲んでおった」

「それが、ポックリと？」

おれは聞いた。はい、と木場がうなずいた。

「まさにポックリと。眠るような最期と申しますが、本当に寝ているうちに心臓麻痺《まひ》で逝ってしまったのです」

ふうん。まあ、理想的な死に方だわな。

「もう一人は？」

「わたしの親父です」おれの近くに座っていた五十歳ぐらいの男が手をあげた。「飲み屋をやっていたのですが」

「あんたの親父さんというと、何歳ぐらいだったのかな」

「八十七でした。店を息子であるわたしに譲ってから、十年以上悠々自適《ゆうゆうじてき》の毎日を送っていたのですが」

「どうした」

「四年前の正月、餅《もち》を喉《のど》に詰《つ》まらせて亡くなりました」

「助けられなかったのか」

「親父はその歳になっても食欲旺盛で、何でも自分の部屋に持ち帰って食べる習慣がありました。見つかった時にはもうどうしようもなくて……」

なるほど。事情はわかった。しかし、それはポックリというのだろうか。

「いえ、ポックリです。先ほども申し上げましたが、親父は八十七でした。特に苦しんだ様子もなく、食べたいものを食べて死んだという感じで」

そうか。八十七だったな。そんだけ生きてりゃ、そんな死に方もありだろう。仕方のない話だ。

「親父は死ぬ前の日、この得利寺にお参りをしておりました。先代の御前様から何やらありがたいお言葉をいただいたということで、親父は上機嫌でした」

「そのお言葉とやらでポックリ逝ったと?」

「少なくとも、わたしはそう考えております」

何だかなあ。ここの連中は本当にその坊主のことを信じていたのだろうか。

「それだけではございません」木場が言った。「先代の御前様は、自らもポックリ逝かれたのでございます」

「さっきもそんなことを言ってたな」

「はい、二年前のことです。わたしらはほぼ毎日、誰かがこの寺へ来るのを日課としておりました」

「そうなのかい」

「はい。たまたまその日はわたしが担当でございました。朝、御前様にお会いして、ポックリ逝けるようご祈禱していただくことになっておりましたが、御前様の姿が見当たりません」

「うむ」

「とにかく鍵は開いていたので、中に入っていくと、布団の上で倒れている御前様を見つけました」

おれは座り直した。

「御前様、いかがなさいましたか。わたしは声をかけました」木場の話が続いている。

「肩を揺すってみたのですが、起きる気配もございません。よくよく見ると、呼吸も止まっておりました。慌てて人を呼びに表に飛び出していったことを、昨日のことのようによく覚えております」

「先代は、そのまま亡くなったのかい」

「はい。救急車で病院まで運んだのですが、もう手遅れだったと」

「まさにポックリだな」

「はい。まあ、わたしらの中では、先代がわたしらのポックリと同時に自分もポックリ逝くことを祈願していたのではないかと。そんな説が有力で」

そりゃずいぶん効き目が速かったな。

とにかく、事情はわかった。みんなが新しい坊主を待っていたことも含めてだ。だが、あいにくおれは坊主ではない。

むしろ逆だ。おれの方こそ助けてほしい。そうじゃなかったら、おれもこいつらと同じだ。早く死にたいのだ、おれは。

「前の御前様がどうだったかは知らないが、おれにそんな力はないんだよ」

「とんでもございません。得利寺にいらしていただいたからには、我々が全面的にバックアップいたします。御前様はただご祈禱だけなさっていただければ、それでけっこうでございます」

「みんなをポックリ逝かせるお祈りか？」

「さようでございます」

よろしくお願いいたします、と全員が頭を下げた。何となくおれも頭を下げざるを得ない雰囲気だった。

（これから、どうなるのだろう）

おれは首をひねった。先のことはさっぱりわからなかった。

4

気がつけば九時を回っていた。寺にはあとからあとから老人たちが集まってきていた。誰かから聞いたのだろう。中には泣いてる奴までいた。信仰の力は恐ろしい。おれは一人一人に頭を下げて言葉を交わした。名前を言われたが、正直言って覚えられるはずなどない。ああそうか、というぐらいしか言いようはなかった。

「御前様」

ひと段落ついたところで木場が声をかけてきた。

「何だ」

「失礼ながら、朝食は済まされましたか」

朝食。改めておれの腹が変な音を立てた。確かに、何も食っていなかった。

「これはとんだことを。わたしの店にいらっしゃいませんか。トーストとコーヒーぐらいでしたら、すぐに用意ができますが」

トーストとコーヒー。なかなか魅力的な言葉だった。

「では、そうさせてもらおうかな」

皆の衆、と木場が怒鳴った。

「御前様が朝食をお取りになられる。うちの店に移動するぞ」

おお、というどよめきが上がった。何となく思っていたのだけれど、ここの連中は何かと大袈裟ではないだろうか。

「御前様、わたくしの店で」一人の老人がおれの足元に寄ってきた。「わたくしはこの商店街で定食屋を営んでおります三浦《みうら》と申します。まだ開店前ではございますが、御前様のために朝食をご用意させていただきたいと存じます」

「いえ、わたしの店で」上下紺ジャージの老人が手を挙げた。「何もございませんが、そばとうどんだけは揃っております。ぜひ、わたしの店で」

どうすりゃいいんだ。おれは木場を見た。木場が口に手を当てた。

「こらこら皆の衆、御前様が困っておられる。わがままを言うでない」

木場さんはいつもそうだ、と老人たちの一人が言った。

「あんたはいつもわしらのことを悪く言う。あんたはわしらの気持ちを考えたことはあるかね?」

「組合長、御前様はみんなの御前様だ。誰か一人のものではないぞ」

「まあ、待ちなさい。ここは木場さんの顔を立てて……」

収拾がつかなくなった。ごほん、とおれは大きく咳《せき》をした。

「みなさんには申し訳ないが、おれはコーヒーが飲みたい」

コーヒーが飲みたい、コーヒーが飲みたい、とみんながささやいた。

「洋風な御前様ですな」

老人の一人がつぶやいた。そうだよ。おれは洋風なんだ。

赤羽にいた頃から、朝はコーヒーとトーストと決まっていた。生活習慣を変える気はない。

「というわけで、おれは木場さんの店に行く」

おお、とまたどよめきが上がった。そんなに驚くほどのもんじゃないだろうに。

「それでは御前様、どうぞこちらへ」

木場が先導した。おれは靴を履いてそれに従った。

袈裟と革靴というのは本当に合わなかったが、誰もその辺の事情を聞こうとはしなかった。

「だがな、木場さん」おれは木場の耳元でささやいた。「正直に話すが、おれは金を持ってない」

「お金？」

「そう、金だ。修行のためだが、一円も持っていないんだ」

「御前様、何をおっしゃいます」木場が手を振った。「わたくし、御前様から一円たりともお金をいただくつもりはございません」

「いいのか」

「もちろんでございます。めっそうもございません。御前様からお代をいただくなど、考えたこともございません」

「そうかね」

「はい」

「悪いな」

とんでもございません、と木場が言った。おれはその後をついていき、そのおれの後ろに大勢の老人たちが従った。

まだ少し早いせいか、商店街の店は閉まっていた。どこの店もシャッターを降ろしたままだ。

客の一人も歩いていない。もっとも、客がいないのは、この商店街が寂《さび》れているという理由もあるのかもしれなかった。

「この通りがラッキーロード商店街でございます」

木場が言った。見ればわかる、そんなことは。

「先ほどの寺の横にあった大きな通り、あれが弁天通りと申します。名前の由来はよくわかりません。大昔からそう呼ばれていたということです」

「どこかで弁天様を祀《まつ》っているのか」

「いえ、それがないから不思議でございます」

こちらです、と木場がおれを自分の店まで案内した。寺からは五分ほど歩いたところだった。

「少々お待ちください」木場がシャッターを開けた。「今すぐ、用意いたしますので」

おれは店の中に入った。カウンターが八席、四人掛けのテーブルが五つ。どこにでもあるような、平凡な喫茶店だった。ついてきていた老人たちは、店内には入ろうとしなかった。

「今すぐお湯を沸かしますので」

「急いでないよ」

おれはカウンターに座った。なかなか落ち着いた店だった。

「木場さんよ」

「何でございましょう」

木場が食パンをオーブントースターに入れながら答えた。

「こんなことを言うのは何だが……あんた、煙草は吸うかね」

おや、というような目で木場がおれを見た。

「……吸いますが」

「すまんが、一本くれないか」

「御前様……なかなかさばけたことをおっしゃる」

微笑んだ木場がガス台の上に置いてあったセブンスターとライターをおれに渡した。おれは一本抜き取って火をつけた。全身にニコチンが染み渡っていくのを感じた。

おれはもともと喫煙者だ。借金のことがあってから、煙草を吸う金にも困っていたので、そのまま禁煙していたのだが、こうなってくると話は別だ。

「うまいな」

「さようでございますか。どうぞ全部お持ちになってください」

木場が言った。

「それじゃ、あんたが困るだろう」

「買い置きがありますから……さて、コーヒーがそろそろできあがるようです」

木場が淹《い》れていたのは、本格的なサイフォンを使ったコーヒーだった。店内にいい香りが広がった。

「コロンビアでございます」

木場が目の前にコーヒーカップを置いた。おれはひと口飲んだ。うまかった。

「今、トーストが焼き上がりますので……御前様はジャムはお使いになりますか」

「ああ、いいねえ」

体が甘いものを欲していた。オーブントースターがチンと鳴った。木場がパン切りナイフでトーストを二つに切った。

「バターとジャムでございます」

小皿をよこした。おれはバターナイフでバターとジャムをトーストに塗った。

「どうぞ、お召しあがりください」

ひと口トーストをかじった。何というか、久々に人間の食うものを食べた気がした。

「うまいな」

「お代わりもございますよ」

木場が二枚目の食パンをオーブントースターに入れた。

おれはちょっと泣いていた。人の優しさに触れたような気がして、涙がこぼれたのだ。

「すまないねえ」

どうぞどうぞ、と木場がコーヒーを注《つ》ぎ足した。おれはまたひと口コーヒーを飲んだ。

Part3 シャッター

1

おれは木場の店に一時間ほどいた。

なかなか居心地がよかった。温かいし、コーヒーのお代わりももらった。煙草もだ。おれは一時間をぬくぬくと過ごしていた。

年の功というか、木場は寡黙だった。ほとんど何も声をかけてこない。老人ではあるが、いいマスターぶりだった。

「木場さんよ」おれは声をかけた。「この店は何時から開くんだ?」

「十時でございます」

木場が答えた。おれは時計を見た。十時を回っていた。

「何時まで営業してるんだ」

「さあ……夕方くらいでしょうか」

さあ、というのは何とも頼りない返事だった。どういうことなのだろう。

「お客様がいれば営業しますが、最近は早くに閉めております」

「何でだ」

「お客様が来ないので」

どういう意味だろう。おれにはよくわからなかった。

「この店に客は来ないのです」木場が繰り返した。「申し上げましたが、店には一日四、五人しか客が来ません」

「あれは冗談じゃないのか」

「冗談ではございません。本当なのです」

「四、五人っていったら……」

「店を開けているだけ、赤字でございます」

「そりゃあ……何というか」

「はい」

「困ったものだな」

はい、と木場が重々しくうなずいた。おれは腕を組んだ。幸い、と木場が口を開いた。

「この店はわたくしの住居も兼ねております。二階がわたくしと老妻の住まいです」

「うん」

「持ち家なので、家賃はかかりません」

「うん」

「社員もバイトもおりません。客のいない店に店員など、いるだけ無駄でございます」

「なるほど」

「店に立つのはわたくしだけ。人件費もかかりません」

「しかし、四、五人っていうのは……」

「はい。毎日の売り上げは二千円程度でございます」

もう平成になってから二十数年が経つ。今時そんな話を聞くとは思わなかった。

「とはいえ、経費はかかります」木場が再び口を開いた。「ガス代、電気代、水道代。コーヒー豆もタダではございません」

「そりゃそうだ」

「店を開けていれば、それだけお金が飛んでいきます。早仕舞いするのはそのためでございます」

「コーヒーは一杯いくらなんだ」

「ブレンドが四百円でございます」

四百円。普通の値段だ。

店の中もきれいだし、何も問題はない。客が入らないのは木場のせいではなさそうだった。

「どうして客が入らないんだ」

「モールのせいでございますよ」木場が苦々しい表情を浮かべた。「ジャストモールには八軒のカフェが入っております。客はみんなそちらに流れました」

「しかし、全部ってわけじゃないだろう」

「いえ、全部です。見事なまでに持っていかれました」

「全部ねえ……」

「前にも申し上げましたが、大前泊は車社会でございます。市民はどこへ行くのも車で移動します。この商店街には駐車場がありません。それで、誰もが駐車場のあるジャストへ行くようになったのです」

「学生もか」

「中学生や高校生は喫茶店などに寄りません。ファストフード店、つまりはマクドナルドやロッテリアに行くのです」

その方が安いですし、と木場が言った。なるほど。

「学生も来ない、カップルも来ない、親子連れなど来るわけがないということか」

そういうことでございます、と木場が頭を下げた。

「それもわかります。何も好き好んで、こんな古臭い喫茶店に来る客などいるはずもございません」

ずいぶん自虐的なことを言う爺さんだ。古臭いというが、レトロといえばレトロな店とも言える。趣もある。こういう店が好きな奴もいるだろう。早い話、おれはこういうタイプの店が嫌いではない。

「来るのはこの商店街の連中だけか」

「さようでございます」

木場が言った。ため息が漏れた。

「来る客は皆、商店街の店主たちだけ。しかも毎日来るわけではございません。コーヒー一杯で粘るだけ粘り、帰っていくだけの客でございます」

「そうか」

「はい」

会話が途切れた。間がもたなくなって、おれはもらった煙草に火をつけた。

「うちだけではございません。この商店街はどこも同じでございます。この商店街は死人も同然」

なぜか木場が文学的な表現で言った。そうなのか、とおれはうなずいた。

「さようでございます。もうわたくしたちは死んでいるのです」

「そんなことはないだろう。現にあんたは生きている」

「死んだも同然と申しました。だからこそ御前様にお願いがあるのです」

「ポックリ逝きたいというあれか」

はい、と木場が首を縦に振った。

「わたくしも妻も、現世に何の未練もございません。早く死にたい。想いはそれだけでございます」

「しかしなあ」

「いえ、そうなのです。本心でございます。死にたい、早く死んで楽になりたい、そう思っております」

「そりゃ、どうにもならんよ」

「かといって、自殺する勇気はございません」木場が話を続けた。「自ら命を絶つことなどできません。ですが、寝たきりになったり長く苦しむような病気になるのも嫌でございます。勝手な願いではありますが、ここは神仏の力を借りて、夫婦ともどもポックリ逝きたい、そう願っております」

「木場さん、あんた子供はいるのかい」

「息子が一人おります」

「息子さんのところへ行ったらどうだ」おれは提案した。「老後が子供の世話になるというのは、世間ではよくある話だ」

息子は東京で働いております、と木場が答えた。

「嫁と子供と、社宅に暮らしているのです。とても老夫婦が一緒に暮らせるスペースはございません」

「どうにもならんか」

「どうにもなりません」

木場が言った。おれは肩をすくめた。

2

この商店街は死んでいる、という木場の言葉は事実のようだった。窓ガラス越しに外を見てみると、おれたちについてきた老人の群れこそいるものの、その後ろに人通りはなかった。

雨が降れば少しはいいのですが、と木場が言った。

「この商店街は住宅街につながっております。アーケードがありますので、人が通ります。ですが、店に入る者はおりません」

「そうだ、住宅街があるんだろう」おれは言った。「そこの連中は、この商店街に来ないのか」

おれは大前泊という町について、何も知らない。だが、木場の言うように、ここが首都圏のベッドタウンだとしたら、何千何万という人が住んでいるはずだ。そいつらがこのアーケード商店街をまったく利用しないとは、考えられなかった。

「いえ、利用しないのです」木場が首を振った。「この商店街の横には国道が通っております。住民は皆そこを使うのです」

「わからんな。何でだ」

「大きな通りなので、歩きやすいのです」

おれには信じられなかった。人間誰でも、何もない国道より、にぎやかな商店街を歩きたいだろう。

「にぎやかではございません」木場がおれの言葉を否定した。「にぎやかではないのです」

「しかし、店もあるだろう」

木場がため息をついた。カウンターの外に出て来る。

「御前様、少し歩きませんか」

「……別に、いいけどな」

おれは立ち上がった。木場が店の外に出ていく。店の外でたむろしていた老人たちが、おれたちの周りを取り囲んだ。

「ご案内いたします」

木場が先に立って歩きだした。おれと数十人の老人たちがその後に続いた。

「わたくしの店は商店街の真ん中にございます」木場が言った。「隣はカバン屋のツルヤさんですが」

おれは隣の店を見た。シャッターが降りていた。

「店は開いておりません」

時計を見た。十時半ちょうどだった。確かに、店を開けていてもいい時間だ。

だが、そうとは限るまい。店など何時に開けてもいいはずだ。

「いいえ」木場がカバン屋を指さした。「何時になってもこうなのです。店は開きません」

おれは振り向いた。老人たちが皆うなずいていた。

「その隣は田中屋《たなかや》さんでございます」木場が言った。「瀬戸物屋ですな」

シャッターは開いていなかった。田中屋という店の名前と電話番号が、シャッターに記されている。それだけだった。

「むさしやさんです」木場が歩きながら指さした。「ファッションとコスメの店です。同じです」

シャッターは閉じていた。そうなのか。どこも同じなのか。

ここがいわゆるシャッター商店街であることを、おれは悟った。地方都市などで問題になっているという記事を、読んだことがあった。

「佐藤《さとう》薬局さんです」

木場がずんずん歩いた。老人のわりには足が達者だった。

「薬局は開いております」

「そのようだな」

佐藤薬局、という大看板があった。その店は開いていた。白衣を着た老女が何かしていた。

「この商店街には、クリニックが数軒ございます」

「うん」

「そこの患者が来るのですな」

「さすがに病院はやってるか」

そうでもありません、と木場が言った。

「この十年で、二軒のクリニックが撤退いたしました。残っているのは歯医者と内科のみです」

「しかし、住んでいる奴らも病気にはなるだろう」

「なるでしょうな」

「しかも、ここらへんは老人が多いという。そいつらはどうするんだ」

「車で十分ほど行ったところに、東大和《ひがしやまと》病院という大きな総合病院がございます。皆、そこへ行くのです」

「あんたもか」

「はい。わたくしもでございます」

大きな病院の方が何かと安心でございます、と木場が言った。そりゃそうかもしれないが。

「向かいは左からカメラ屋のイズミさん、お茶屋の山下園《やましたえん》、総菜店《そうざい》の小口屋《おぐちや》本店と並んでおります。どこも営業しておりません」

おれは木場が指した方向に目をやった。どの店も開いていなかった。

「どうなってるんだ、ここは」

「みんな同じでございますよ。店をやっても客は来ません。客が来ないのなら、開けているだけ無駄というものです」

「いったいどうして」

「カメラ屋は街道沿いに大きなヤマイ電機がございます。客はみんなそちらへ流れていきました」

「お茶屋は？」

「さあ。気がつけば閉店しておりました」

「総菜屋はどうなんだ」

「ジャストモールには巨大な食料品売り場がございます。種類も豊富で、何でも売っております。主婦たちは皆、そちらへ行くようになったのです」

おれはシャッター商店街の実情に驚いていた。見渡す限り、ほとんどの店がシャッターを降ろしていた。

開いてる店の方がよほど少ない。それがシャッター商店街というものだった。

「まだまだございます」木場が歩きだした。「おもちゃの宮川《みやかわ》、メガネのカワベ、洋服屋の松田《まつだ》ストア、着物のふじやさん」

「着物も売れないか」

「かつては需要もあったのでございましょう。ですが、今はまったく」

「売れないか」

そりゃそうだろう。今時、着物をあつらえる客が少ないのは、言われるまでもなく想像がついた。

あるとすれば成人式ぐらいのものか。しかし、それだけで一年間暮らしていけるわけもないだろうということは、おれにも理解できた。

この商店街には百四軒の店がございます、と木場が口を開いた。

「営業している店を数えた方が早いでしょう。レストランのアオバさん、あそこは開いてますな」

「客は来るのか」

「うちと同じです。ランチタイムにはいくらか人も来るようですが、夜はまったく」

「他には」

「堀内《ほりうち》ベーカリーさん、パン屋さんですな。あそこもやっています」

「はやっているのか」

「はやってはおりませんな。何度も繰り返すように、ジャストモールには巨大な食料品売り場がございます。そこにはパン専門店も入っております。あとは申し上げるまでもないでしょう」

木場が言った。おれは辺りを見回した。老人たちが不安そうな目でおれを見ていた。

「それから？」

おれは聞いた。木場が腕を組んだ。

「……そば屋の布引庵《ぬのびきあん》さんは、やっております。中華の京香《きょうか》さんもですな。食べ物屋は何とか開いているようです」

「普通の店はどうなんだ」

「メガネ屋のランダムハウスさんも閉店しましたし、魚の魚真《うおしん》さんも店を閉じました。魚真さんは、相当長いこと頑張っていたのですがね」

下着のみどり屋さん、ネクタイのいけがみさん、八百屋の清水屋《しみずや》さん、と木場が指を折った。

「皆、シャッターを降ろしております。いちいち数えたらきりがありません」

「この商店街は死んでいる、か」

「そういうことでございます」

木場がゆっくりと頭を下げた。

3

おれは木場の店に戻った。木場が新しいコーヒーを淹れてくれた。

「どうぞ」

「すまんな」

おれはコーヒーをひと口すすった。体が温まった。

「先ほども申し上げましたが、この商店街には百四軒の店がございます」

木場が口を開いた。うんうん、とおれはうなずいた。

「店主の平均年齢は六十五歳。皆老人でございます」

「不思議なんだが、誰も跡を継ごうとか、そういうことは考えなかったのかね」

さようでございますなあ、と木場がため息をついた。

「この辺の息子たちは、皆東京へ出てしまいます。もちろん、中には戻ってくる者もおりますが、一度東京へ出てしまえば」

なかなか、と木場が口を閉じた。なるほどな、とおれは言った。

「わざわざこんな寂《さび》れた商店街に戻ってきて、跡を継ごうとは考えないか」

「そうですなあ」

「しかし、ここは由緒のある商店街なんだろう」

「はい」

「ショッピングモールひとつできたぐらいで、そんなに客足が落ちるもんかね」

「確かに、ジャストができた頃は、まあ客の半分が取られたという感じでしたが、ここまでは寂れておりませんでした」

「そうだろう」

「決定的だったのは、この十年ほどの間です」

「何があった」

「大前泊の周辺には、二つの大きな街道がございます」

「うん」

「大前《おおまえ》街道と東日《とうにち》街道というのですが、この二つの街道沿いに、車で行ける大型店舗がどんどん建てられたのでございます」

例えばどんな、とおれは言った。木場が指を折った。

「コマーシャルで有名なヤマイ電機、洋服のアオタ、ファミリーレストラン、喫茶店、カメラ屋、DVDレンタルの店、ディスカウントショップ、果ては熱帯魚を売る店やペットショップまで、とにかくありとあらゆる店ができたのです」

「車で行けるのか」

「はい。どこもパーキング完備でございます」

「客が流れたか」

「そうですなあ。何しろ大前泊はいっきりいって田舎《いなか》でございますから、土地代が安うございます」

「うん」

「しかもその郊外でございます。土地代などタダも同然。そこに建てられた店は、思い切った値段をつけることができました」

「安いってことか」

はい、と木場がうなずいた。

「安うございますなあ。大量仕入れ、大幅値下げというわけです」

「この商店街は価格競争に負けたか」

「一昨年《おととし》、少し離れたところにアウトレットモールができました」

「うん」

「もういけません。車で三十分ほどですからな。近《ちか》うございます。客はそちらへも流れました」

「ますますいけないってことか」

はい、と木場が言った。お湯の沸く音がした。

「御前様、事情はすべてお話しいたしました。この商店街の実情はもうおわかりになったでしょう」

「まあな」

「わたしたちがポックリ逝きたいという気持ちも、おわかりいただけましたでしょうか」

気持ちはわかった。なるほど、それは生きていくのが辛いだろう。

ポックリ逝きたいというのは本気のようだった。できることなら力を貸してやりたいところだが、残念ながらおれは本物の坊主ではない。そんな能力がないことは明らかだった。

もうひとつ言えば、どんなに偉い坊主でも、人をポックリ逝かせる能力を持っている奴などそうはいまい。自然の摂理に反する話だ。

「おれにはそんな力はないよ」

木場がぶんぶんと首を振った。

「何をおっしゃいます。御前様ならできます」

その信頼感はどこから来るのだろうか。

「お願いでございます。わたくしたちを安らかな眠りにつかせてくださいませ」

「無理だと思うけどなあ」

先代の御前様は二人も逝かせてくれました、と木場が言った。

「そればかりか、自らもポックリ逝かれてしまいました。さすがは御前様と、みんなで噂しあったものでございます」

「先代は先代、おれはおれだよ」

「ご謙遜なさいますな。御前様のことを信じておりますですよ」

木場が言った。おれはコーヒーを口にした。

「お願いでございます。どうかわたくしたちを」

「わかったわかった。ポックリ逝かせるように祈ればいいんだろう」

「おわかりいただけましたか」

おわかりではないが、これも成り行きだ。とりあえず約束してやって、この気のいい爺さんを納得させるしかないだろう。

「いつからでございましょう」

「いつから？」

「ご祈禱は、いつ始められるのでございましょうか」

そりゃあまあ、とおれは左右を見た。何もなかった。

「ま、様子を見てだな」

「様子とは」

「そんなに焦るなよ……いろいろ準備もある。まあ、そのうち始めるから心配するな」

「そのうちとは」

畳み掛けるように木場が言った。目が真剣だった。

「そのうちって……来週とか」

おれは適当なことを言った。木場が首を振った。どうやら納得していない様子だった。

「まあ……それじゃ今週とか」

「今週のいつでございます」

「そりゃあまあ……二、三日後とか」

木場の顔が引きつっていた。おれは慌てて前言を撤回した。

「まあ、明日かな」

「明日でございますな」

確かめるように木場が言った。どうしたものやらと思いながら、おれは小さくうなずいていた。

4

午後になって、寺へ戻った。

まったくわけがわからなかった。おれは金色の袈裟を脱いで、ジーンズとダンガリーのシャツに着替えた。

(すべてはこれのせいだ)

金色の袈裟を部屋の隅《すみ》に放った。あんなものを着ていたから、坊主と間違えられたのだ。とはいえ、あの時のおれには選択肢などなかった。雨に濡れた服を着替えるためには袈裟しかなかったのだ。

寒かったせいもある。他に着るものがあれば、それを着ていただろう。だが何もなかった。どうしようもなかったのだ。

(さて、これからどうする)

木場の爺さんはポックリ逝くよう祈れと言う。冗談じゃない。ポックリ逝きたいのはむしろおれの方なのだ。

おれは大前泊という町に来るまで、死というものと真剣に向かい合っていた。死ぬしかないと思い詰めていた。実際、今朝は死ぬ気だったのだ。

だが、それどころではない。自分たちを死なせてくれと皆がおれを頼ってきている。こんなことになるとは思っていなかった。いったいなぜ。繰り返すようだが、死にたいのはおれなのだ。

「すみませーん」

声がした。男の声だった。おれはそのままの格好で玄関に向かった。

「すみませーん」

「今、開けますよ」

おれは扉を開いた。そこに立っていたのは男だった。見覚えがある。確か布団屋だ。

「ああ、御前様」布団屋が微笑んだ。「いらっしゃいましたか」

「いたよ」

「ご所望《しょもう》の布団を持って参りました。少しお待ちください」

男がひとつ頭を下げて、玄関から出ていった。どうやら車で来ているようだった。

「御前様」

男が布団を背負って戻ってきた。おれは手を伸ばしてその布団を受け取った。

「入りますかね」

玄関は狭かった。布団はかなり大きい。それでも何とか押し込んで、中に入れた。

「すまんな」

おれは言った。いえいえ、と男が額の汗を拭った。

「大事な預かり物ですので、大切に保管しておきました」

「申し訳ない」

「何をおっしゃいます御前様。これから町の者にしていただくことを考えれば、これぐらい当たり前のことです」

「これからしていただくこと？」

ポックリでございますよ、と男が低い声で言った。六十歳と見当をつけたが、当たっているのかどうか。

「布団屋さん、あんた名前は」

「高田と申します」

男が名乗った。そうだ、そんな名前だった。

「あんたの店は……営業してるのかね」

「木場さんに聞きましたか」

「ああ、いろいろとな」

そうですか、と言いながら高田が下を向いた。どうやらこの男の店も、シャッターは降りたままのようだった。

「数年前から、店は開けておりません」高田が言った。「閉めっぱなしです」

「売れないか」

「さっぱりです」

高田が肩をすくめた。少しユーモラスな動作だった。何かを諦めたような人間の動きというべきだろうか。

「うちは寝具だけではなく、枕や安眠グッズ、パジャマなどを扱っているのですが」

「うん」

「ジャストモールにも似たような店がありまして」

「うん」

「客は皆そちらへ流れていきました。そりゃそうですよね。何もちんけな店で布団とか買いたくないですもんね」

どうもこの商店街には自虐的な人間ばかりいるようだ。

「数年前から店を閉めてるということは、その前から調子が良くなかったわけだろ？」

「ええ」

「立ち入ったことを聞くようだが、あんたはどうやって生計を立てているのかね」

「アルバイトをしています。週に三度、ガソリンスタンドで」

「へえ」

変わったアルバイトをしている男だ。照れたように高田が笑った。

「本当は毎日でも行きたいところなんですがね。この歳だとなかなかそうもいかなくて」

「奥さんはいるのかい」

「いますよ」

「何をしている」

「働いてますよ。ジャストでパートをしています」

「おや」

敵方で働くというのは、一種の裏切り行為ではないだろうか。高田が横を向いた。

「仕方ないんですよ。この町じゃ、働くところなんて限られてます。うちの女房はまだ運が良かった方です。ジャストでも何でも、とにかく働けるだけましというものです」

「それで、何とかなるのかね」

「まあ、どうにか。ここの商店街の連中は、本当にごく一部の者を除いて、皆自宅が店舗になっています。家賃はかかりません。ぜいたくさえしなければ、生きてはいけます」

「あんたはまだ若い」おれは言った。「それでも、もうポックリ逝きたいのかい」

「いや、そりゃ確かにまだ死にたくはありません」

「そうだろう。何歳なんだ」

「六十二です」

死ぬにはまだ早すぎるだろう。

「ですが、親がいます」

「ああ、親ね」

高田が辛そうな表情を浮かべた。

「親父は八十八です。体はピンピンしてるのですが、いわゆる認知症というやつで」

ボケてきてるんです、と高田が言った。なるほど、それは大変だろう。

「オフクロは八十二です。こっちは頭は大丈夫なんですが、膝《ひざ》が悪くて、ほとんど歩けません」

「寝たきりか」

「まあ、そうです」

「ポックリ逝ってほしいか」

「親不孝な話ですが、正直言ってそうです。わたしがアルバイトを週に三日しかやっていないのは、両親のこともあります」

なるほど、とおれはうなずいた。皆それぞれ、いろんな事情があるものだ。

「いや、辛気臭《しんきくさ》い話になりました。どうもすみません」

高田が頭を下げた。いいんだ、とおれは手を振った。

「この布団は先代が使っていたものか」

「そうです」

そうだろうとは思っていたが、やはりそうだったか。この布団で先代が死んだのかと思うと、ちょっと憂鬱《ゆううつ》になった。

「いえ、大丈夫です。クリーニングに出してありますから」

高田が言った。それはそうかもしれないが、あまり気分のいいものではない。

「この二年間、うちで一番陽あたりのいいところに置いておきましたので、状態はいいです」

「すまなかったな」

「いえいえ、お気になさらずに。ところで御前様、大阪から来たというのは本当ですか」

いや、とおれは首を振った。なるほどね、と高田が勝手にうなずいた。

「きれいな標準語ですもんね。東京にいたわけですか」

「まあ、そうだ」

「失礼ですが、御前様はおいくつになられますか」

「……五十五だ」

おれは上にサバを読んだ。あまり若いとなめられると思ったからだ。それはそれは、と高田がおれを拝んだ。

「申し訳ありませんね。来た早々、ご祈禱をお願いするなんて」

「いや、そりゃいいんだが……しかし、あんたは本当に信じてるのかね」

「何をおっしゃいます、御前様」高田が強く首を振った。「御前様のご祈禱は効き目があると、この辺の者は皆信じております」

「……そうなのかい？」

「そりゃあもう。何しろ先代の念は強かったですから」

「二人死んだっていうあの話か」

「二人とも、本当に眠るように。ポックリとは、まさにあのようなことを言うのでしょうね」

「そりゃ先代の腕が良かったんだ。おれにはそんな力はないよ」

「ご謙遜を。信じてますよ、御前様」

「いや、まあ、その……」

「それで、ご祈禱はいつから？」

「……明日かなあ」

わかりました、と高田がうなずいた。

「皆に触れ回っておきます。明日の午後になったらこの寺に集まるように伝えます」

「いや、そんなことじゃなくて……」

心配ご無用です、と高田が胸を張った。

「任せておいてください。それでは」

失礼します、と言って高田が出ていった。おれは呆然とその後ろ姿を見送った。いったいどうすればいいのだろう。知ったことか、とつぶやいた。なるようになれ、だ。おれは扉を閉めて、寺の中に戻った。

Part4　祈禱

1

夜になった。

食事をどうしようかと思っていた。何しろおれには金がない。

だが、案ずるより何とやらだった。夕方ぐらいから近所の爺さんや婆さんがやってきて、差し入れをしてくれた。おにぎりあり、お寿司あり、うどんあり、総菜あり、何でもありだ。

一人では食べきれない量だった。断ろうかと思ったが、ある者からは受け取り、ある者は断るのでは、気分が悪かろう。だからおれは何も言わずに差し入れを受け取った。

飯をひと通り食い終わると、あとはすることがなかった。この寺にはテレビがない。ラジオすらなかった。読む本や雑誌などがあるわけでもない。

ひたすらやることがなかった。ビールの一杯でも飲みたいところだったが、さすがにそんな気の利いた差し入れはなかった。

(どうするか)

時計を見ると、八時を過ぎたところだった。まだ寝るには早い時間だ。

(散歩でもするか)

外に出ることに決めた。袈裟に着替えて表に出た。少し肌寒い夜だった。

木場の爺さんは、この商店街は死んでいると言った。昼、おれは商店街の様子を見て回った。確かに、この商店街は死んでいた。

夜になると一層その想いが強くなった。何しろ真っ暗だ。明かりのひとつもついていない。

この商店街に来た時のことを思い出していた。確かに、真っ暗だった。

ただ、あの時は詳しい事情を知らなかった。夜だから店を閉めているのだろうと思っていた。

だが実際にはそうではなかった。この商店街は朝も昼も夜もなく、ずっとシャッターを閉じているのだ。

そう考えると気分も少し寒くなっていた。この商店街は死んでいる。木場の言葉が重くのしかかってきた。

（誰もが早く死にたいと言う）

ポックリ逝かせてほしいと誰もが願っている。こんな町があるだろうか。いや、あるのだ。実際におれの目の前にある。

通りをうろつきながら、いろんなことを考えた。自分の背負っている借金のこと、別れた女房のこと、今でもおれを追っている高杉のこと。

そのまま、当てもなく商店街をさまよい続けた。夜に溶けてしまうのではないかと思うような時間を、おれは過ごしていた。

2

翌日、おれは早くに目を覚ました。

シャワーを浴びると少し意識がはっきりした。幸いなことに風呂の心配はなさそうだった。

歯を磨き、髭を剃《そ》った。そういう細々《こまごま》とした生活用品は昨日の夕方雑貨屋が届けてくれていた。

それから昨日の差し入れの残りを食べた。とにかく、暮らしていくだけなら何の問題もない、というのがおれの結論だった。

(ただなあ)

洗濯ができないのが難だった。この寺には洗濯機がない。

(こりゃあ、電器屋に無心するしかないかな)

電器屋が洗濯機をぽんとくれるかどうかはわからなかったが、頼んでみるしかないよう

だった。

シャツとパンツも、一枚ずつというのでは決まりが悪い。それはそれで頼まなければな

らないだろう。

(面倒なことだ)

生きていくのは簡単だが、生活していくというのは容易なことではない。おれはそれを

痛感していた。

十時になるのを待って、袈裟を着て木場の店に向かった。幸い、店は開いていた。

「これはこれは御前様」

木場が言った。うん、とひとつうなずいて、おれはカウンターに座った。

「すまんな、毎日」

「とんでもございません。いらしていただけるだけで、幸せというものでございます」

おれの目の前に煙草の箱とライターと灰皿が置かれた。これではまるでたかりだが、何

しろおれには金がない。しばらくはこの気のいい爺さんを頼るしかなさそうだった。

「コーヒーでよろしゅうございますか」

おれはうなずいた。木場がコーヒー豆をミルで挽《ひ》き始めた。

「今日は天気がよろしゅうございますなあ」

「ああ」

「絶好の日和《ひより》でございます」

絶好の日和？　どういう意味だろう。

「ご祈禱でございますよ」

キトウ。何のことだろう。御前様、と言いながら木場がコーヒーを出した。

「昨日、約束したではありませんか」

ああ、そのことか。おれはコーヒーをひと口すすった。

「あんたらがポックリ逝くように祈れってことだろ」

「さようでございます」

木場が深々と礼をした。それなんだがな、とおれはコーヒーにミルクを注いだ。

「ちょっと今日は風邪気味でな。調子が悪い」

「はあ」

「また後日ということで、今日は勘弁してくれないか」

「しかし、商店街の者は皆心待ちにしておりますですよ」

木場が言った。おれはうつむいた。そんなこと言われてもなあ。

「ポックリ逝くのは商店街の総意。御前様にご祈禱していただかなければ、逝くものも逝けません」

「だから、昨日も言ったろ。おれにそんな力はないって」

「御前様、何をおっしゃいます。御前様ならばできます」

その信頼感はどこからくるのだろう。

「とりあえず、今薬を取ってきます。それを飲んで、何としても今日の祈禱を執り行ってくださいませ」

木場が店の外に出ていった。

(冗談きついぜ)

つぶやいて、おれは煙草に火をつけた。

3

十二時になった。

気が付くと、木場の店の周りは人だかりだった。老人ばかりだ。

町中の老人が集まってきたのではないかと思えるぐらい、その数は多かった。百人近くいるのではないか。

「皆、御前様をお待ちしているのです」

木場が言った。そうかね、とおれはつぶやいた。

「さようでございます。誰もが、御前様のご祈禱を待っておるのです」

「おれにはできないよ」

「そんなことはございません。御前様ならできます」

「勝手なことを言うな」

「勝手なことではございません。皆、御前様を信じておるのです」

さあ、出ましょう、と木場が言った。もうどうしようもない。どこにも逃げ場はなかった。

促されるまま、おれは木場と一緒に店の外に出た。自然と拍手が起こった。

「御前様」

「御前様」

老人たちがおれにぺたぺた触ってくる。やめろ馬鹿野郎。気持ちが悪いんだよ。

「さあ、御前様。お寺に戻りましょう」

木場が言った。好きにしてくれ。もうおれは諦めていた。

「みんな、御前様が寺に戻られますぞ」

木場が叫んだ。おお、というどよめきが上がった。

おれはゆっくりと歩きだした。ジジイババアがおれを取り囲んで歩く。何なんだ、これは。大名行列か。

「御前様、お待ち申し上げておりました」知らない顔のジジイが言った。「もうずっと楽になれる日を待っていたのでございますよ」

「そうかね」

おれは大いに不機嫌だった。何を待っていたというのか。ポックリ逝く日をか。そんなこと、おれの知ったことじゃない。

あんたらはあんたらで信じているものがあるのだろうが、おれとは関係ない。おれは坊主ではないのだ。

だが、それを言うことはできなかった。本物の坊主でないことがわかれば、この連中はおれを追い払うだろう。

他に行き場所のないおれにとって、ニセ坊主という立場を守る以外にないのは、どうしようもないことだった。

おれは足を引きずりながら歩いた。寺に戻って何をしろというのか。おれにはお経を上げることなどできないのだ。

「御前様」木場が言った。「お寺でございます」

どんなにのろのろ歩いていても、いつかは目的の地に着くものだ。しかも、こんな近距離なのだから、それは当然のことだった。

「さあ、みんな、寺に入りましょう」

木場が号令をかけた。ジジイババア共が、素早く寺の本堂に上がっていった。
二、三十人ほど入っただろうか。それで本堂は一杯になった。入れない者たちは庭に回った。
「どうすりゃいいんだ」おれは木場にささやいた。「おれが座るところもないじゃないか」

「正面が空いておりますですよ」

木場が言った。確かにその通りだった。そこだけきれいに空いてやがる。ちくしょう、座るしかないのか。

「行くぞ」

もうおれはヤケクソだった。袈裟を着たまま、ずかずかと踏み込んだ。何人かの老人の足を踏んでしまったが、まあ許してほしい。

「御前様」

「御前様」

あちこちから声がかかった。アイドルのコンサートじゃないんだから、たいがいにしてくれ。

空いていたスペースに座った。老人たちの凄《すさ》まじい気のようなものが、辺りを覆っていた。

マジでか。マジでこんなことになるのか。

「みんな、今から御前様が、ありがたいお経を上げてくださる」おれに寄り添っていた木場が叫んだ。「謹んで聞くように」

おれは振り向いた。老人たちがその場で平伏していた。今はいったい何時代なのだろうと思った。

「木場さんよ」おれはささやいた。「いったい何分ぐらいやればいいのかね」

「先代の御前様は、二、三時間ほどご祈禱なされておりました」
二、三時間。冗談じゃない。そんなに間がもつものか。
「二、三分じゃ駄目か」

「御前様は冗談がお好きですなあ」

木場が微笑んだ。いや、冗談じゃないんですけど。

おれは左右を見た。鈴《りん》と木魚《もくぎょ》が置いてあった。まあ、とりあえずこれでも叩いてみるか。

鈴を鳴らすと、澄んだ音が聞こえた。振り向くと、正座をしていた老人たちが更に深く頭を下げていた。

なかなか面白い。おれは鈴を鳴らし続けた。空気が止まった感じがした。

「えー、あーあー」おれは声を出した。「あーあー、聞こえますか」

「御前様」木場が小声で言った。「聞こえておりますですよ」

そうか。そりゃそうだ。他には物音ひとつしない。ただ鈴の音が聞こえているばかりだった。

おれは右手でバチを持った。とにかく、これをやってみよう。

木魚を叩いた。ポクポクという音がした。

庭先を見ると、そこでも老人たちが地べたに直接座っていた。ただひたすら頭を下げている。おれは木魚を叩き続けた。

ポクポクポク、チーン。

ポクポクポク、チーン。

「ナムアミダブツナムアミダブツ」おれは声を低くした。「ナムアミダブツナムアミダブツ」

反応はない。とりあえずこれでいいのだろうか。

「ナンマイダブナンマイダブ」ちょっと別のバージョンも入れてみた。「ナンマイダブナンマイダブ」

おれの声だけが低く響いている。何なんだかなあ、と思いつつ、とにかく声を張り上げてみた。

「ハアー、弁天通りラッキーロード商店街の皆様に申し上げます」

正確に言えば、ハアー、ベーンテーンドーリ、ラッキーロードショーテンガーイノミナーサマニ、モーシアゲマース、と言ったのだった。何がなんだかよくわからないが、それで落ち着いたような気がした。

「ミーナーサーマーニ、モーシアゲマース、ハアー、ポックリポックリ」

おれは声の抑揚を変えながら歌うように祈り続けた。

何を言っているのか、聞いてる連中にはさっぱりわからなかっただろう。しかし、考えてみればお経というのはそういうものだ。

坊主が何を唱えているのか、おれもいろいろと葬儀に出たことはあるが、いちいち確認したことはない。だからおれは好き勝手にお経を上げ続けた。どうせわからないのだ。

「アーメンソーメンヒヤソーメン、ハアー、ポックリポックリ」

誰も何も言わない。そんな空気ではなかった。おれは木魚を叩きながら振り返った。みんなが頭を垂れていた。これでいいのだ。

だいたい、どんな偉い坊主がお経を唱えても、人の命を長くしたり短くしたりすることはできないだろう。もしそんな偉い坊主がいたら、大変なことになっているはずだ。

これは一種の気休めのようなものなのだ。おれはそう解釈することに決めた。

「ミーナーサーマーノ、ネーガイドーリ、ミーナーサーマーガ、ポックリ、イーキマースヨーニ」

ハアー、ポックリポックリ、とおれは拍子をつけて唱えた。木魚を打つ手が疲れたので、しばらく休むことにした。

その時だった。ムカイさん、という声がした。おれは振り向いた。

中央辺りに座っていた老人の一人が倒れていた。その横に座っていたババアが、ムカイさん、ムカイさん、と繰り返している。

「どうした」

おれは言った。ムカイさんが、とババアが顔を上げた。

「急に倒れて、起き上がらないんです」

「何だって？」

全員が立ち上がった。ムカイさん、と声が飛び交った。

「おい、どうした。呼吸はしているのか」

おれは倒れていたジジイに近寄った。顔が真っ青だった。

「爺さん、しっかりしろ」

おれはムカイというそのジジイを抱き起こした。歳の頃で言えば七十過ぎといったところだろうか。きれいな禿《は》げ頭だった。

「おい、誰か救急車を呼べ」

おれの命令に、ジジイたちがポケットから携帯電話を取り出した。

「馬鹿野郎、全員でかけてどうする。木場さん、あんたがかけろ」

はい、と木場が答えた。その手が震えている。面倒臭い奴だな、こいつは。

貸せ、とおれはその手から携帯電話を取り上げた。ええと、救急車は何番だったっけな。

百十九番、そうだ、百十九番だ。

おれはボタンを押した。すぐに電話がつながった。

「火事ですか、救急ですか」

「助けてくれ。老人が一人、意識を失っている」

「どうかされましたか」

「わかってりゃ電話なんかしねえよ。とにかく倒れたんだ」

「場所は？」

おれは木場に携帯電話を戻し、場所を説明するように伝えた。木場がおどおどしながら電話口に向かって何か言い始めた。

「爺さん、しっかりしろ。すぐに救急車がくるぞ。聞こえるか、おい」

ムカイさん、と悲鳴が漏れた。何だかとんでもないことになってしまったようだった。

4

大騒ぎになった。

救急車は五分ほどでやってきた。救急隊員が機敏に動き回り、ムカイは車に乗せられて病院に向かった。

その後が大変だった。老人たちが皆おれにしがみついて、離れようとしないのだ。

「御前様」

「御前様」

「ありがたやありがたや」

韓流アイドルだって、ここまでもみくちゃにはされないだろうと思うほど、老人たちはおれの周りから離れなかった。

「御前様、奇跡でございます」知らない顔のジジイが言った。「御前様のご祈禱で、向《むかい》さんが倒れたのは、奇跡でございます」

いや、奇跡じゃない。ただの偶然だ。そう言ってやりたかったが、誰も聞いてくれるような状況ではなかった。

「奇跡ではない」木場が大声をあげた。「御前様は我々がポックリ逝くようにご祈禱なされたのだ。向さんのことは、いわば必然」

そんな格好いい言い回しをしなくてもいいと思うのだが。

「みんな、御前様のお力を見たか」

見た、という返事が全員からあった。

「向さんには申し訳ないが、これは吉兆《きっちょう》。御前様さえおられれば、我々もポックリ逝けるぞ」

「おお」

「御前様、お願いでございます」おれにしがみついていたババアが叫んだ。「お願いでございます。わたくしもポックリ逝かせてくださいませ」

「そうじゃないんだ」ようやくおれは言った。「あれは単なる偶然だ。おれが祈ったからじゃない」

「何をおっしゃいます、御前様」木場が言った。「向さんのことは必定《ひつじょう》。御前様のご祈禱のおかげ」

だからそうじゃないってば。おれは首を振った。

おれが思うに、あのムカイとかいう老人はもともと心臓かどこかに障害があったのだろう。そしてこの本堂でおれのどうしようもないお祈りを聞いているうちに、発作か何かが起きた。そういうことなのだ。

断じておれの祈禱のせいではない。おれにそんな力はないのだ。

だが、木場はおれの説明に耳を貸そうとはしなかった。というより、おれの言葉など端《はな》から無視しているようだった。

「とにかく、すべては御前様のおかげ」

皆が頭を下げた。木場が声を大きくした。

「明日からもご祈禱をお願いしようではありませんか」

「おお！」

もうどうしようもなかった。みんなが騒いでいる。おれはがっくりと頭を垂れて、大騒ぎが収まるのを待つしかなかった。

夜になって、詳しいことがわかった。ムカイというのは花屋の店主で、向昌慶《まさよし》という名前だそうだ。年齢七十二歳、もちろん店は営業していない。

向は搬送された病院で手当を受け、意識を回復したそうだ。念のため一日病院に入院するが、たいしたことはない、というのが木場の話だった。

寺に来て報告してくれたのは木場だった。木場は商店街を代表する立場で、ここに来ていたのだ。

「惜しいことをいたしました」

木場が言った。おいおい、それは逆だろう。

「いえ、残念なことでございます」木場が目をつぶった。「向さんもいい年齢です。ポックリ逝っても良かった。その方が良かったのかもしれません」

「そんなことはない。生きているうちは長生きした方がいい」

おれの言葉に、木場が首を振った。

「もう我々には生きていく望みがないのです。この先十年も二十年も無駄に年金暮らしを続けているより、早く死んだ方が国のためでございます」

こんなところで国家論を語られてもなあ。そういうことは政治家に言ってほしい。

「まあ、しかし、今日は御前様のお力がわかってよろしゅうございました」

「だからそれは……」

「ご謙遜なさいますな。すべては御前様のおかげでございます」

違うんだけどなあ。どうしてわかってくれないかなあ。

「明日もご祈禱の方はお願いできますでしょうか」

「明日は嫌だ」

「なぜでございましょう」

「明日は日が悪い」おれは言った。「明日はおれの誕生日なんだ」

そんなのは嘘だ。おれの本当の誕生日は四月だった。

「おや、そうでございますか」木場が身を乗り出した。「それはおめでとうございます」

おいくつになられますのですかと聞かれ、まあそんなことはいいだろうとおれは質問をかわした。嘘ばかりついているので、辻褄《つじつま》が合わなくなりそうだ。

「では、お祝いを」

「断る」おれは言った。「余計なことはしなくていい」

さようでございますか、と木場が左右を見た。いいんだよ、何もしなくて。放っておいてくれよ。

「では、明後日、ご祈禱をよろしくお願いします」

「その気になったらな」

「御前様、それでは困ります。商店街の連中は、皆御前様にすべてを預けているのです」

「知らないよ、そんなことは」

「いいえ、事実なのです。御前様がいなければ、もうこの商店街は立ち行かなくなっております」

「おれはまだこの寺に来て三日目だぞ」

「日数など関係ございません。すべては御前様の持つパワーのためでございます」

「パワーって言われてもなあ」

いいえ、と木場が首を左右に振った。

「お力でございます」

「何度も言うようだが、おれにそんな力はないぞ」

「では向さんの件はどうご説明なさいます？」

「単なる偶然だ」

「ご冗談を。御前様のご祈禱があったればこそ、向さんはあのようなことになったのでございます」

「だから、違うってば」

「いいえ、間違いございません」

木場がおれの目をじっと見つめた。狂信者の視線だと思った。

「木場さんよ、話は違うんだがな」おれは言った。「修行のためとはいえ、実はおれは下着の替えを持っていない」

「おや、そうでございますか」

木場が言った。そうなんだ、とおれはうなずいた。

「何とかならんかね」

明らかにゆすりたかりの言葉だった。おれの頰が熱くなった。

「いえいえ、とんでもございません。そのようなものなら、すぐに用意できます」

「あんたのお古とかは嫌だぞ」

冗談のつもりだったが、木場は本気にしたようだった。

「何をおっしゃいます。そのような失礼なことはいたしません。この商店街には衣料品店が何軒かございます。そこに頼めばすぐに調達できます」

すぐ届けさせましょう、と木場が携帯を取り出した。

「御前様、サイズは……Lでございますな」

「ああ」

おれは返事をした。木場が何やら話し始めている。洗濯機の件はどうしようかな、とおれは考えていた。

5

翌日、まだ朝の五時に目が覚めた。

おれはのそのそと起き出し、昨日の夜届けられた差し入れを食べた。昨日の向の件があったためか、差し入れは倍ほどにも膨れ上がっていた。そんなに食えないっつーの。

ゆっくりと朝食を取り、それからシャワーを浴びた。昨日の夜、寺に新しい下着が届けられていたので、それに着替えた。非常にいい気分だった。

歯を磨きながら、本堂に行くと、そこには誰もいなかった。昨日の盛況が嘘のようだった。

（昨日はなあ）

大変だった、と改めて思った。でたらめなお経を上げていたら、向という爺さんが倒れた。その後のことは目まぐるしすぎてよく覚えていない。

気がつけば救急車が来ていた。担架《たんか》で運ばれていく爺さん。そんな光景がフラッシュバックした。

（まあ、生き返ったというのだから）

それはそれでよかったのだろう。おれ自身、自分のことは何ひとつ信じていないが、おれの祈禱で人一人が死んだかと思うと嫌だった。

ぼんやり庭を見つめていると、一人の男が入ってきた。

「おはようございます」

男が言った。三十歳ぐらいだろうか。ここへ来て初めて見る若い顔だった。

「おはようさん」

おれは言った。男が笑った。

「新しい御前様ですね？」

「そうだ」

「新聞でございます」

男が新聞を差し出した。受け取りながら、頼んでないぞ、とおれは言った。

「いえいえ、商店街の組合長さんに頼まれまして」

組合長といえば木場のことだ。なかなか気の利く奴だ、と改めて思った。

「しかし、おれは金がない」

「大丈夫です。組合費から払ってもらいますので」

「へえ」

おれは唸った。店を開けていないこのシャッター商店街でも、組合はちゃんとあるのだ。もっとも、木場は最初から組合長と名乗っていた。だから考えてみれば当然の話だったが、組合費を全員が納めているとは思わなかった。

「その金は、みんなどうやって払っているのかね」

「聞いた話ですがね、年金から払っているそうです」

なるほど、年金か。確かに、全員そんな歳だ。

店の売り上げがなくても、年金で食っていけるからこそ、どの店もシャッターを降ろしていても、何の問題もないのだろう。

「じゃあ、ありがたく受け取っておくよ」

「はい。これからもよろしくお願いします」

新聞屋が去っていった。おれは新聞を広げた。広告が折り込まれていたが、邪魔なので、それは脇に置いておいた。

新聞の一面にはヨーロッパの経済破綻について、大きな記事が載っていた。おれは暇だったので、その記事を読んでいった。

別に何が書いてあるわけでもない。おれとは関係ないところで世界経済は回っているのだということがわかっただけだ。

それからずっと新聞を読み続けた。興味のない記事も多かったが、とにかくおれにはすることがない。ひと文字ひと文字、じっくり読み進んだ。

三時間後、テレビ欄まで新聞を読み切った。今日のニュースに関して、おれはすべてを知り尽くしている。そんな気分だった。

それでもまだ八時半だ。やることがない。おれは袈裟に着替えて表に出てみた。

商店街に人はいなかった。それは変わらない光景だ。ところどころで開店の準備を始めている店もあったが、とにかく通る人がいないので、その景色は哀しいものだった。

「おや、御前様」

声がかかった。振り向くと、木場が立っていた。

「どうした」

「朝の散歩でございます」木場が深々と礼をした。「御前様こそ、どうなさいました」

「何、おれも散歩だよ」

お互い、やることがないのをひしひしと感じていた。そうでございますかと言っていた木場が、いかがですか、とおれを誘った。

「店にいらっしゃいませんか」

「もう開いているのか」

「いえ、まだではございますが、そこはわたくしの裁量で」

個人商店だから、開店時間などあってないようなものだ、というようなことを木場が言った。それもそうだろう。

「そうだな。じゃあ、モーニングコーヒーでもいただこうか」

おれたちは連れ立って歩き始めた。それにしても、と木場が言った。

「昨日のご祈禱は凄かったですな」

「……向のことか？」

「さようでございます。まさか、初日からあのようなことになるとは」

くどい爺さんだ。おれの祈りが通じたわけではないのに。

だが、それを言うと長くなるし、もう面倒なので、はいはいとうなずいた。

「前の御前様は三年間で二人ポックリ逝かせてくれましたが、御前様にはもっと期待しているのでございます」

「期待って何だ」

「月に一人でも逝かせていただければと」

「無茶言うな」

はあ、と木場が苦笑を浮かべた。そんなにバタバタ人が死んでみろ。警察が出てくるぞ。

「店でございます」

木場が鍵で正面の扉を開けた。おれは中に入っていった。

「すぐにコーヒーを淹れますので」

うん、とうなずいてカウンターに座った。いつの間にか、そこがおれの指定席になっていた。

コーヒーのいい香りが漂《ただよ》ってきた。サイフォンがコポコポと鳴っている。

おれはそんな時間が好きだった。この店はなかなかいいと思った。どうして客が来ないのだろうか。

「木場さんよ」おれは声をかけた。「何でこの店ははやらないのかね」

さあ、と頼りない返事があった。

「前にも申し上げましたが、ジャストモールにはカフェが入っております。客はそちらに流れました」

「それだけかい？」

「わかりません」

コロンビアでございます、と木場がコーヒーカップを出した。おれはひと口すすった。

「うまいな」

「ありがとうございます」

「どうかね、木場さん」おれは思いつきを口にした。「値下げしてみれば」

「値下げでございますか……いったいいくらに」

「今、四百円だと言ったな」

「はい」

「それを百円にするんだ」

百円にしろと言ったのには理由があったが、あえてそれは言わなかった。百円、と木場が息を呑《の》んだ。

「そうだよ、百円にするんだ」

おれは繰り返した。サイフォンがコポコポと鳴った。

Part5　百円コーヒー

1

百円でございますか、と木場が言った。そうだよ、とおれは答えた。

「そんなに値下げをしたら、利益が出ません」

木場が首を振った。

「そりゃやり方次第だろう」おれは言った。「早い話、いちいち豆から挽いたりしてるから高くなるんだ。最初から挽いてある豆を買ってくればいい」

「しかし、それが店の売りです」

「売りになっていないじゃないか」

現に客は来ていないんだろ、とおれは言った。そりゃそうでございますが、と木場が少し拗《す》ねたような表情になった。

「だいたい、そもそものやり方が悪い」

おれはコポコポ鳴っているサイフォンを指さした。

「何がでございますか」

「客はな、コーヒーの味わいなんか求めちゃいないんだ」

「何を申されます」

「いや、そうだ」おれは断言した。「客が求めてるのは、ちょっと休める空間だ。場所代だよ。コーヒーなんざ、おまけみたいなもんだ」

「それは……しかし、喫茶店というのは、もともとそういうものでございましょう」

あんた、ドトールを知ってるか、とおれは聞いた。もちろんでございます、と木場がうなずいた。

「そこまで世間とずれてはおりません」

「ドトールのコーヒーは二百円だぞ」

「そのようですね」

「ドトールより高くてどうする」

マクドナルドのコーヒーは百円だ、とおれはつけくわえた。

「そのようですな」

「そりゃ、金のない学生たちはそっちに流れるだろうさ。だが、百円コーヒーとなれば話は別だ」

百円コーヒーでございますか、と木場が渋い顔になった。そうだよ、とおれは言った。

「思い切って百円に値下げしちまえ。客が来るぞ」

「来るでしょうか」

「来る来る」

おれは請け合った。いい加減なものだ。それから、と付け足した。

「トーストも百円で売れ」

「トーストもでございますか」

「ゆで卵とかも百円で売れ」

「何もかもでございますか」

そうだよ、とおれはうなずいた。

別にやけで言ってるわけではない。おれは理由があって、すべてを百円にするように勧めているのだ。

「食パンなんざ、スーパーに行って買ってくれば、一枚二十円ぐらいのものだろう。焼いて出すだけでそれが百円になる。儲かるじゃないか」

「それはそうですが……」

「卵だってそうだろう。一番安い卵なら、一個十数円ぐらいじゃないのか」

木場が黙り込んだ。いろいろ考えているらしい。おれは木場の肩を叩いた。

「難しく考えるな。要するに、百円で飲み食いできる店に変えればそれでいいんだ」

「よいのでしょうか」

「間違いない」

おれはうなずいた。しかし、と木場が唇を尖《とが》らせた。

「今までのお客様のことを考えると、百円というのは……」

「客だって喜ぶだろうが」

「いえ、そんなことをしたら、コーヒー豆の質も落とさなければなりません。何より、挽きたての味を提供するのがこの店の売りでございます。御前様、やはりそれは……」

ごちゃごちゃ言ってんじゃねえ、とおれは怒鳴った。

「いちいちうるさいことを言ってると、もう祈ってやらねえぞ」

「御前様」

それは困ります、と木場がうろたえた。うるさいうるさい、とおれは言葉を重ねた。

「ポックリ逝くよう祈ってほしけりゃ、おれの言う通りにしろ。そうでなきゃ、お前だけいつまでも長生きするように祈ってやる」

「それは……それだけはお許しくださいませ」

「いいや、駄目だ。あんたがおれの言うことを聞かないというのなら、おれもあんたの言うことを聞かない。細かいことは言わずに、おれの言う通りにしろ」

木場が泣きそうな顔になった。おれは残っていたコーヒーを飲み干した。

2

おれがなぜ百円コーヒーにしろと言ったのかといえば、理由があった。

昨日の夜、誰もいなくなったところを見計らって、寺にあった賽銭箱を開けてみたのだ。

その中には、おれが思っていたよりも多くのお金が入っていた。驚くべきことに千円札も十数枚あった。

もちろん、ほとんどは小銭だが、それでも数えていくと十万円ほどの金がそこにあった。

先代の御前様が死んでから二年が経つというから、それぐらいの金が入っていてもおかしくはなかったが、それにしても思わぬ臨時収入だった。

しかしだ。十万円は十万円だ。調子に乗って使ってしまえば、あっという間になくなる金額だろう。

とにもかくにも、おれはヒマだった。そして、ヒマをつぶすためにすることが何もなかった。

せいぜい木場の店に通うことが、唯一の気晴らしだったが、いつまでもタダでコーヒーを飲ませてもらうわけにもいかないだろう。木場だって迷惑なはずだ。

そこでおれはコーヒーを百円にしろと言うことにした。百円ならおれも支払うことができる。元の値段の四分の一の出費に抑えられる。

もうひとつ言えば、お賽銭の中で一番多かったのは百円硬貨だった。理由としてはそれもある。百円玉を使いたい、というのがおれの願望だった。

それで経営がうまくいくかどうかはおれにもわからない。百円に値下げをすれば、確かに客は増えるだろうが、それで採算が取れるかどうかはわからなかった。

だが、そんなことはどうでもいいだろう。現に今、木場の店はつぶれかけているのだ。開けているのがやっとの状態だった。百円コーヒーに業態を転換したからといって、今より悪くなることは考えられなかった。

正直、おれにとって店の経営などどうでもよかった。おれはおれにとって居心地のいい場所を確保したかった。それだけのことなのだ。

結局、おれは木場を説得して、百円コーヒー店にすることを決めさせた。決め手になったのは、長生きするように祈ってやるぞというおれの言葉だった。よほど木場にとっては、ポックリ逝けないのが怖いようだった。

いつから百円コーヒーにいたしましょうか、という木場の問いに、善は急げと言うだろう、とおれは言った。明日からだよ、とおれは言葉を重ねた。

木場の顔は引きつっていたが、とにかくおれの言葉に同意した。おれたちはどうやって百円コーヒーの店に生まれ変わったことを告知するか、それを話し合った。

3

おれと木場は商店街の中にある文房具屋へ行って、とにかく一番安い紙を売ってくれと言った。もちろん文房具屋はシャッターを閉ざしたままだったが、そこは組合長である木場の顔で何とかなった。

文房具屋の主人は柴田《しばた》と言ったが、何があったのだという顔をしながらも、コピー用紙を持ってきてくれた。

「木場さん、何をするつもりなんですか」

柴田が言った。わたしにもわからん、と木場が答えた。

「とにかく、御前様の仰《おお》せだ」

「御前様、何を」

おれは店先にあったサインペンを取り、紙の一枚に〝何でも百円〟と大書《たいしょ》した。何しろおれはもともと印刷屋だったので、こういう仕事には慣れていた。

「はあ……」

柴田が言った。おれは書いた文字を大きく丸で囲んだ。

「何でもって……何でもですか？」

「そうだよ」おれは言った。「何でもだ」

〝コーヒー百円！〟とおれは書いた。百円って、と柴田がつぶやいた。

「木場さん、そんなことして大丈夫なんですか」

わかりませんなあ、と半ば呆《あき》れながら木場が言った。

「しかし、こうしないと御前様が……」

「御前様がどうしたっていうんです」

「わたしらをポックリ逝かせるように祈ってくれないとおっしゃる」

げ、と柴田が口の中で呻《うめ》いた。柴田も歳の頃は七十ぐらいの男だった。

「それは大変だ」

「そんなことは言ってない」おれは首を振った。「木場さんだけポックリ逝かないように祈ってやると言ったんだ」

木場が肩をすくめた。

「というわけです」

「そりゃ大変ですなあ」

そんな会話を聞き流しながら、チラシを作っていった。真ん中に大きくコーヒー百円と書き、その周りにトースト百円、ゆで卵も百円、メニュー何でも百円、と記した。

「百円で元は取れるんですか」

「御前様はいけるとおっしゃっている」

そうなんですか、と柴田が聞いた。おれは喫茶店のコーヒーの在《あ》り方について説明した。

「コーヒー一杯の原価なんて、いくらもしないんだ」

「はあ」

「客が求めてるのは、雰囲気なんだよ。コーヒー飲んで、一服して、ちょっと休んで、そういうことを求めてるんだ。コーヒー代が四百円も五百円もするのは、あれは雰囲気代だ」

なるほど、と柴田が言った。おれは言葉を続けた。

「だいたい、木場さんの店は本格的過ぎる。わざわざ豆からミルで挽いて、サイフォンに入れる辺りが、もうもったいぶってる。あんなことはしなくていい。豆なんか挽くな」

「しかし……」

「いいんだよ」うるせえな、とおれは言った。「どうせ客には、コーヒーの味なんかわからないんだ。インスタントで十分だよ」

そりゃあんまりだ、と柴田がつぶやいた。おれは無視して、木場の方を向いた。

「インスタントなら話は簡単だ。お湯だけ沸かしておけばそれでいい。客が来たらすぐ出せる」

「ですが……うちの店はカウンターでコーヒーを淹れております。そんなところを客に見られたら……」

「隠れてやればいいんだよ」馬鹿だなあ、と言いかけて、おれは声を潜めた。「こそこそやってろ」

「トースト百円というのは」柴田が聞いた。「どうなんですかね」

「よく考えろ。スーパーに行って一斤《いっきん》食パン買ってこい。八枚切りで百円ぐらいのもんだろ」

「まあ、そんなところでしょうな」

「それを一枚百円で売るんだ。利益が出ないわけがない」

「逆に言えば高過ぎませんか」

「家で食うのとは違う。店で食うんだ。それこそ雰囲気代だよ」

卵も一緒だ、とおれは頭を掻《か》いた。

「安売りの店に行けば、一パックで百数十円といったところだろう。それを一個百円で売れば、十分に利益は出る」

「どうも、何だか聞いていると簡単そうですな」

柴田が言った。その通りだ。難しいことなど、何もありゃしない。

「客は来ますかな」

木場が首を傾《かし》げた。わからん、とおれは言った。

「そんなことは知らん。しかし、今より悪くなることはないだろう。木場さん、あんた店には一日四、五人ぐらいしか客は来ないと言ったな」

「いい時で、です」

「そうだろう。開けていてもしょうがない、とあんたは言った。営業してるだけで赤字だとも」

「申し上げました」

「だったら、一緒だろう。そのうち、店はやっていけなくなる。あんたの店もシャッター商店街の仲間入りだ」

確かに、と木場がうなずいた。

「実は、閉店を考え始めておりました」

だったらいいだろう、とおれは言った。

「どうせ店を畳むんなら、一発賭けに出てもいいんじゃないか。遅かれ早かれ店はつぶれる。そうなる前に勝負をしてみたらどうだ」

「柴田さん、あなた、どう思います?」

木場が上目遣いで柴田を見た。そうですなあ、と柴田が後頭部を手ではたいた。

「わたしも長らく木場さんの店には行っておりませんでしたが、百円だったら行ってみてもいいかも……」

そうだろう、とおれは木場の肩を叩いた。

「どうせ散るんなら、派手に散ろうぜ」

「御前様、お願いがございます」

木場が言った。何だ、とおれは木場の目を見た。

「……わたくしがポックリ逝くように、祈ってくださいますか」

「おお、祈ってやる祈ってやる」おれは請け合った。「あんたの女房の分まで祈ってやるとも」

「わかりました」木場がため息をついた。「それでは、御前様のおっしゃる通りにいたします」

柴田さん、とおれは今書いたばかりのチラシを差し出した。

「あんた、これを千部コピーしてくれ」

「はあ……別に構いませんが」

柴田がおれの手からチラシを受け取った。店の隅に大きなコピー機があった。

「本来なら金を取るんですがね」

「いいじゃねえか、細かいこと言うなよ」

それにな、とおれは柴田の肩に手をやった。

「あんたのことも、ポックリ逝くよう強く祈ってやるよ」

わかりました、と柴田がコピー用紙のセットを始めた。おれと木場は黙ってその様子を見ていた。

4

千枚のコピーが出来上がるのは、あっという間だった。おれはその紙を木場に渡した。

「木場さん、あんた奥さんと手分けして、このチラシを町中に配ってこい」

「町中でございますか」

木場が手にした千枚のチラシを見つめた。そうだよ、とおれは言った。

「商店街はもちろんのことだが、住宅街にも配ってこい。ポストに突っ込んでくればそれでいい」

「千枚もですか」

「いちいちうるせえな、言う通りにすりゃいいんだよ」

さっさと行け、とおれは木場を店の外に押し出した。振り返ると、柴田が不安そうな目でおれたちを見ていた。

他にやることがないので、おれは寺に戻った。ひとりのバーサンが真剣な表情で何やら祈っているのを見つけた。

「バーサン、何をしている」

おれは声をかけた。バーサンが顔を上げた。

「ああ、御前様」

向こうはおれのことを知っているが、残念ながらおれはその女のことを何も知らなかった。

「向でございます」

向。聞いたことのある名前だ。よくよく考えてみると、昨日祈っていた時に倒れたジジイの名前だった。

「あんた、向さんの奥さんかい」

「さようでございます」

バーサンが深々と頭を下げた。それはそれは、とおれも付き合ってお辞儀した。

「大変だったな……旦那さんは無事かい？」

「おかげさまで。今日の夕方には退院してくるそうです」

「そうかい。そりゃよかったな」

「よかったんだか悪かったんだか」バーサンがため息をついた。「あのままポックリ逝ってくれた方が、よかったかもしれません」

「そんなことを言うもんじゃない。せっかく拾った命だ。せいぜい大事にした方がいい」

「……まあ、そうなんでございますが」

上がっていくかい、とおれは言った。普段ならそんなことは言わない。おれはそういうタイプの人間だ。

だが、招き入れたのは要するにおれがヒマを持て余しているせいだった。バーサンは案外素直におれの方へやってきた。

「どうだい、お茶でも飲むかね」

ガス台にヤカンをかけた。幸い、湯呑みは四つほどあった。ありがとうございます、とバーサンが頭を下げた。

「確か、煎餅《せんべい》かなんかあったな」おれは部屋の隅に行った。「もらいものだが、食うかね」

結構でございます、とバーサンが手を振った。まあいいから、とおれは煎餅の袋を畳の上に置いた。

おれたちは向かい合って座った。別に話題があるわけではない。黙ってお茶をすすった。

「……あんたんところは、花屋だそうだね」

おれは思い出しながら言った。はい、とバーサンがうなずいた。

「もっとも、営業はしておりませんが」

「そうらしいな……どれぐらいになる？」

「もう、五、六年は、店を閉めっぱなしでございます」

「そうかい」

そこで話は止まった。それ以上どうやって話を広げていけばいいのか、おれにはわからなかった。

「……ジャストモールができるまでは」

バーサンが口を開いた。うん、とおれはうなずいた。

「そこそこに花も売れていたのですが」

「そうかい」

「ジャストモールの中に、大きな花屋ができてからは、客はすべてそちらに取られました」

「そりゃ大変だったな」

「それでも、お得意様がいらして、何とか店は続けていたのですけど」

「うん」

「時が経つにつれ、だんだん……お客様も亡くなったりしましてね」

そりゃあまあ、そういうこともあるかもしれない。おれは黙ったまま、話の続きを聞いた。

「うちだけじゃなくて、この商店街そのものがそうなんですけど……だんだん人通りがなくなっていって、活気が失われて」

「うん」

「店をやるだけ無駄だってことになり……主人も歳ですから、もうきれいにやめちゃおうって」

「そうかい」

どっちを向いても暗い話ばかりだった。

この商店街は死んでいる。木場の言葉が頭をよぎった。

「それで、どうやって暮らしているんだい」

「……年金でございます」

なるほどねえ、とおれは腕を組んだ。年金について、今、世間では話題になっているが、とにかくこうして機能しているところもあるのだ。

「細々と暮らしております」

「そうか」

「はい」

バーサンが口を閉じた。おれは組んでいた腕をほどいて、湯呑みに手をつけた。

「まあ、いろいろ大変だな」

「はい」

「しかし、生きてるうちは頑張って生きていかなければな」おれは坊主らしいことを言ってみた。「せっかくもらった命だ。大事にしなけりゃいかん」

その通りでございますけど、とバーサンが顔を上げた。

「正直申し上げまして、もう疲れました」

「そりゃあ……そうかね」

「はい。これ以上生きていても、何かいいことがあるとは思えません。さっさと逝って、楽になりたいと思っております」

おれは黙った。迂闊《うかつ》に何か言ってはいけないような、そんな雰囲気がバーサンにはあった。

「お願いでございます。御前様、改めて主人とわたくしをポックリ逝かせてくれるように、お祈りしてはいただけませんでしょうか」

「本来、それは逆なんだ」おれは言った。「坊主の役割というのは、人の命を長くさせるために祈るのであって、ポックリ逝かせるために祈るのではない」

「そこを何とか」

前の御前様は快く引き受けてくれました、とバーサンが言った。先代は先代、とおれは言葉を返した。

「先代とおれとでは考え方も違う。やり方も違うんだ」

「そうでございますか」恨みがましい目でバーサンがおれを見た。「それでも、重ねてお願い申し上げます。わたくしたちはポックリ逝きたいのでございます」

それきりバーサンは黙りこんだ。おれとしても言うべき言葉はなかった。

おれたちは向かい合ったまま、黙々とお茶を飲んだ。

5

夕方になり、主人を病院に迎えにいって参ります、とバーサンが去っていった。またおれは一人きりになった。

だが、それはつかの間のことだった。バーサンが去るのを待っていたかのように、大勢の老人が寺へやって来たのだ。

ほとんどが差し入れを持参してきていた。別に飲食業を営んでいるわけではないようなジジイババアたちも、何かしら作ったものを持ってきてくれていた。

「こんなには食えない」おれは老人たちに向かって声を張り上げた。「常識で判断してみろ。おれは一人しかいないんだぞ。夕食は一回しかとらない」

「好意でございますよ」老人の一人が言った。「皆、御前様のことを思ってのことでございます」

「ありがたいとは思うよ。だけど、こんなにもらっても残しちまう。それではもったいないだろう」

「作る手間は一緒でございます」別のバーサンが言った。「家族の夕食を作るついでに、一人前余計に作っただけです。気になさらずに、食べきれなかったら捨ててくださいませ」

「好意はありがたく受け取っておくよ。申し訳ない。ありがたいと思ってる。しかしなあ……」

「その代わり、ご祈禱をよろしくお願いいたします」

御前様、と声が上がった。皆、何を期待しているのだろう。ポックリ逝かせてもらうことか。

いくら願っても無駄だ。おれにそんな力はない。

だが、老人たちにそんなことは関係ないようだった。ただひたすらにおれを頼みにし、祈り、差し入れをしてくる。それが彼らの信仰のようだった。

断っても断っても、老人たちはおれに差し入れを押しつけてきた。しまいにおれは面倒になって、何も言わずに受け取ることにした。

まあ、言う通りなのだろう。家庭で作った料理の一部を分けてくれるというのだから、そんなに手間がかかっているわけでもないように思えた。量は多いが、捨てれば済む話だ。もったいないことだが、それもまた信仰というものなのだろう、とおれは思うようになっていた。

夜遅くまで、来客は絶えなかった。差し入れを受け取り、ちょっとだけ言葉を交わす。それだけで老人たちは嬉しいようだった。

皆、御前様御前様と言っておれに触りたがる。どういう信仰心なのかわからないが、正直なところぺたぺた触ってくる老人たちは気持ちが悪い。だがされるままにしているより他になかった。例えばこんな具合だ。

「ああ、御前様」

差し入れが出てくる。おれは頭を下げてそれを受け取る。すると、その手に老人が触れてくる。

「ありがたやありがたや」

何がありがたいのかちっともわからないのだが、おれはナンマイダブナンマイダブと唱える。するとまた老人が袈裟の袖に触れてくる。

「哀れなわたくしたちのためにお祈りください」

おれの腕にすがって頭を下げる。哀れかどうかは知らないけれど、とおれは答える。

「とにかく、みんなのために祈るよ」

「ああ、ありがとうございます」

中には感激して泣き出す奴もいた。面倒臭い限りだ。

そんなふうにして、おれと老人たちのラリーは続いた。中にはよほどヒマなのか、三十分も話し込む奴もいた。冗談じゃない。飯を食うヒマもないじゃないか。

十時頃、ようやく老人たちがいなくなった。もらった差し入れの中から適当に食べていたら、木場がやってきた。

「御前様」

「おお、どうした」

行儀が悪くてすまないな、とおれはタコ焼きを食べながら言った。いえ、と木場が首を振った。

「上がっても……よろしゅうございますか」

「いいよ」

木場が本堂に上がってきた。おれと向かい合わせに座る。

「今日は疲れました」

「そうかね」

「はい。お言いつけ通り、千枚のチラシを家々に配って参りましたので」

「そりゃあ……大変だったな。一日仕事だったろう」

「女房と二手に分かれて、住宅街の方を回って参りましたが、まあ大変でしたな」お茶でも飲むかい、とおれは返事も聞かずに立ち上がった。

結構でございます、という声が背中で聞こえたが、無視してお茶を二杯注いだ。

「まあ、飲めよ」おれは木場の前に湯呑みを置いた。「腹も減ってるだろう。その辺に何でもある。好きに食ってくれ」

もったいのうございます、と言いながら木場が湯呑みに手をかけた。

「しかし、御前様……本当にあんなことをして大丈夫なのでしょうか」

「あんなことって何だ」

「チラシのことでございますよ」木場が声を潜めた。「コーヒー一杯百円など、聞いたこともございません」

「あんたは喫茶店頭《あたま》で考えてるからそう思うんだ」おれは言った。「ファストフード店なら、それぐらいの額は当たり前だろう」

「うちはファストフード店とは違います」木場の顔に赤みがさした。「純喫茶でございます」

「わかってる。あんたの店は品もいい。のんびりできる。純喫茶の名にふさわしい店だ」

「父親の代からの店でございます。わたくしの誇りでもあります」

そうだろう、とおれはうなずいた。

「だがな、時代は変わっている。切り替えが必要だ」

「切り替えでございますか」

「頭の切り替えだよ。古いやり方ではもうやっていけない。新しい発想が必要だ」

「それが百円コーヒーでございますか」

そうだ、とおれは言った。それはそれは、と木場がお茶を飲んだ。

「ずいぶんと、その、大胆な」

「ごちゃごちゃ言うなよ。もうチラシは配っちまったんだろ？」

「はい」

「じゃ、もう後へは引けない。前進あるのみだ」

「それはそうでございますが……」

木場は納得がいっていないようだった。それは木場の中にあるプライドなのだろう。純喫茶がファストフード店の真似をしてどうするんだ、という思いもあったに違いない。

だが、おれにとってはどうでもいいことだった。木場の店がどうなろうと、無責任な話だが、知ったことではない。

どうせ遅かれ早かれ閉店する店なのだ。だったら少しばかり乱暴なことをしてもいいだろう。

おれは、おれのために百円で時間をつぶせる店が欲しかった。だから木場に百円コーヒーの店に変わるように提案したのだ。

あとがどうなろうと、おれには関係のない話だった。

木場が寺を出ていったのは、それから一時間ほどしてからだ。おれはさっさと布団を敷いて寝た。夢は見なかった。

6

翌朝、六時におれは目を覚ました。表に出ると新聞が来ていたので、それを読むため寺に引っ込んだ。

それから三時間、昨日と同じく新聞を隅から隅まで読んだ。相変わらずだなあと思った。本職の坊主というのはどうなんだろう。こんなにヒマなものなのだろうか。それとも他に何かすることがあるのか。おれは何しろ本物ではないので、その辺がわからなかった。

朝九時、それが限界だった。おれは新聞を脇に置いて、表に出ることにした。目指していたのは木場の店だ。

前に聞いていたのだが、店は朝十時開店だと言っていた。だから少し早いのだけれど、まあ、その辺は何とでもなるだろうと思っていた。

もしまだ店がオープンしていなければ、その辺を散歩でもしていればいい。一時間ぐらいすぐだ、と思っていた。

だが、店に近づくにつれ、それどころではないのがわかった。店の前に老人たちが溜まっていた。十人ほどはいるだろうか。

そして店の中をのぞくと、カウンターもテーブルも客で一杯だった。おれは店の中に入っていった。

「ああ、御前様」

カウンターの奥から木場が顔をのぞかせた。後ろにババアが立っている。木場の女房だ。

「何なんだ、これは」おれは言った。「どうしたんだ」

「わかりません」木場が首を振った。「朝八時からお客様が並びだしまして、このようなことに」

「すごいな」

壮観だった。昨日まで誰もいなかった店の中が、客で埋め尽くされていた。異常な状況だった。

「みんな、チラシを見てきたのか」

「おそらくは」

コーヒー、お代わり、という声が飛んだ。木場の女房がカウンターを出て、注文を確認していた。

「よかったじゃないか」

おれは言った。言いながら、ちょっと複雑な心境だった。これではおれの席がないじゃないか。

「急遽《きゅうきょ》、店を八時半から開けたのですが、あっという間にこのありさま」

「どこから湧《わ》いて出てきたんだ、この連中は」

「住宅街に住む老人たちだと思います」木場の声が低くなった。「他にやることもないのでしょう」

「老人たちはヒマを持て余すか」

「そのようで」

しょうがねえな、とおれは言った。

「一時間後にまた来る。それまでに席を用意しておいてくれ」

「はい。そのようにいたします。ですが……」

「ですが？」

「うまく帰ってくれるかどうか」

「店に来て一時間以上座ってる客は強制的に追い出せ。そうするしかない」

「そのようなことは……」

「おれがやれって言ってるんだ」

祈ってやらねえぞと言うと、木場が体を強《こわ》ばらせた。

「わかりました。そのようにいたします」

トーストを一枚焼いてくれませんかの、とカウンターに座っていた老人が声をかけた。

ただ今、と木場が答えた。

「少々お待ちください」

「また来るよ」

おれはそう言って店を出た。店の前で待っていた老人たちが道を開けた。

(まったくよ)

いい気なもんだ、とおれは老人たちを見回した。四百円のコーヒーなら見向きもしなかった連中が、百円というだけで群《むら》がってきやがる。

なるほど、世の中というのはこうしたものなのか、と思った。何でもかんでも、安ければそれでいいらしい。

おれは歩きだした。しばらくは時間をつぶすしかなさそうだった。

Part6　おれはコンサルか？

1

数日が経った。

木場の店は盛況が続いていた。はっきりいって、おれが行っても座る席がないほどに店は混んでいた。

木場によると、朝から午前中にかけては老人が押し寄せてくるそうだ。ヒマを持て余している老人たちは、男も女も関係なく、ただただ時間をつぶしたいがために店にやってくるようだった。

午後になると主婦たちがやってくる。ジャストモールへ買い物に行った帰りに寄るらしかった。

モールにもカフェはあるのだが、木場の店の百円コーヒーとは値段が圧倒的に違った。

店は造りも上品だ。ゆったりとして落ち着いている。雰囲気はよかった。百円ならば安いものだろう。そういうわけで、主婦たちが集まってくるようだった。

夕方になると学生たちがやってくる。とにかく、奴らには金がなかった。百円で溜まれる場所があれば、そこを目指すのは当然のことなのかもしれない。

そして夜になると、勤め帰りのサラリーマンが店に集まった。家へ帰る前にちょっとだけ休んでいこうということなのだろう。百円という値段は、そんな彼らに対しても優しかった。

長居しようとする客も多かったが、木場はおれの助言を受け入れ、一時間以上店に座っている客に対して、強制的に出ていってもらうことにしていた。そのせいで回転率はいいということだった。

「しかし、御前様」

三日月の夜、木場が寺に来て言った。

「何だ」

「忙しいだけで、ちっとも利益が上がりません」

「そんなことはないだろう」

おれは言った。実際、木場の店はいつ行っても満員の状態が続いていた。

木場はカウンターの端に丸椅子を置き、それをおれの指定席として特別扱いしてくれたから、何とか座れるものの、そうでなければ一時間や二時間は待つことになってもおかしくなかった。

「いえ、そうなのです」木場が訴えた。「あんなにお客様がいらしているのに、増えるのは小銭だけ」

「そりゃそうだろう。小銭で商売してるんだから」

「それはそうでございますが……」

「あんたは錯覚してるんだ」おれは言った。「今までのように、四百円、五百円の単位で売り上げが増えていくものと考えてる。そうじゃないんだ。もうあんたの店は百円コーヒーの店なんだぞ」

「……それはわかっております」

「わかってない。四、五百円頭《あたま》で考えてるから、客がたくさん来ているのに利益が上がらないと感じているんだ」

「そうでございましょうか」

「間違いない」

おれは断言した。納得のいかない顔で木場がおれを見ている。

「ですが……疲れますなあ」

木場の店はもともと朝十時から開店していたが、押し寄せてくる老人たちのためもあって、朝八時半に営業時間を繰り上げていた。

そして夜も、今までは六時に閉めていたのを、十時まで開けているようになった。そりゃ疲れるだろう。

「弱音を吐くな」おれは言った。「前のことを考えてみろ。一日に四、五人しか客が来なかった時のことを考えれば、ありがたい話じゃないか」

「昔が懐かしゅうございます」木場がため息をついた。「毎日毎日、ぼんやりと客を待っていた頃が夢のようで」

「その方がよかったか？」

「……難しいところでございますな」

何にも難しくない、とおれは頭を振った。

「今、あんたの店には一日何人ぐらいの客が来る？」

「そうですな、のべで言ったら百人ほどでしょうか」

「そうだろう。多少忙しいぐらい何だ。我慢しろ」

「ですが……働いても働いても利益が出ないのでは」

「利益は出ているだろう」

そりゃあ多少は、と木場が言った。おれは言葉を重ねた。

「前は店を開けているだけで赤字だと言ってたな」

「はい。さようでございます」

「今は曲がりなりにも儲けが出ている。それを思えばまだ頑張れるじゃないか」

「しかし、わたくしも女房も歳ですし……」

「歳なんか関係あるか。働けなくなったというのならともかく、あんたまだ十分に働けるじゃないか」

「そうですが……」

「泣き事を言うな。しっかりしろ」

はい、と木場がうなずいた。まったく、坊主というのは面倒な職業だ。

明日も早いので、と木場が帰っていった。やれやれ、と思いながらおれは寝るしたくを始めた。

2

おれの暮らしは相変わらずだった。夜になれば寝て、朝になれば起きる。

届けられた新聞を読んでヒマをつぶし、それでもどうしようもなかったら表に出て散歩をする。

あとは木場の店に寄るぐらいがせいぜいの気晴らしだった。他に何もすることはない。ご祈禱とやらをやらなければならなかったのかもしれないが、木場が何しろあの忙しさなので、誰も正面きってそれを言ってくる者はいなかった。幸いなことだ。日が経つにつれ、数は減っていたが、それでも差し入れの類《たぐい》は続いていた。おかげさまで食うものには困らなかった。

三食食ってまだ余る。ずいぶんとぜいたくな話だった。

そんなある日の昼間、客が一人やってきた。いや、客が来るのは正直いっていつものことだったが、その男は相談があるという。

面倒くさかったが、断るのも余計に面倒なので、とりあえずおれは男を中に招き入れた。

「堀内と申します」男が本堂に座った。「この商店街で、パン屋を営んでおります」

堀内もまた年寄りだった。六十はとっくに超えているだろう。白髪が年齢を物語っていた。

「ふうん、そうですか」おれは答えた。「そのパン屋さんが、いったい何を?」

その前にこれを、と堀内がビニール袋を取り出した。中にはパンが入っていた。

「店の売りものでございます」

「あ、そう」

おれはビニール袋の中を改めてみた。アンパン、コロッケパン、メンチカツパン、クリームパン、ジャムパンなどが入っていた。

「こういうものを売ってるわけだ」

「そうです……いかがでしょう」

「いかがでしょうというのは、食ってみろということかい？」

「はい」

何だかよくわからないが、言われるまま、コロッケパンをひと口かじってみた。何となく懐かしい味がした。

「これは……昔風のコロッケパンだな」

「そうですねえ」

他人事《ひとごと》のように堀内が言った。おれはもうひと口食べて、パンを置いた。

「うまいよ」

「ありがとうございます」

堀内が頭を下げた。いや別に、そんなつもりで言ったのではないのだが。

「木場組合長の店にパンを入れてるのも、うちでございます」

「ああ、そうなんだ」

「最近、パンの注文がとんでもなく増えまして」

堀内が言った。そりゃそうかもしれない。何しろ木場の店はあの忙しさだ。トーストの売り上げも伸びていることだろう。

「聞いたところによりますと、御前様の助言で店の売り上げが飛躍的に伸びたとか」

堀内がまっすぐおれを見つめた。おれは空咳《からせき》をした。

「まあ……助言というか、ちょっとしたアドバイスだな」

「御前様」堀内がいきなり突っ伏した。「お助けください」

「何だ何だ。いったいどうした」

頭を上げろ、とおれは言った。堀内が向き直った。その目に涙が浮かんでいた。

「もうやっていけません」堀内が言った。「もううちの店は、つぶれそうなのです」

おれはそれほど驚かなかった。何しろ商店街のほとんどはシャッターを降ろしているのだ。

パン屋もその例外ではあるまい。むしろ、営業していたという方が不思議なくらいだ。

「大変なのか」

「大変も何も……まったくパンは売れません」

「そうかね」

「はい。毎日ぽつぽつと客が来る程度で、ほとんど売り上げはありません」

「ジャストモールにパン屋は入っているのかい」

「もちろんでございます。しかも二軒も」

「二軒ねえ」

堀内の店も生存競争に敗れたのだとおれは思った。そりゃ客だって、きれいなパン屋でパンを買いたいだろう。

堀内の作ったパンはなかなかおいしかったが、はっきり言って特別うまいというわけではない。平均点の味だ。これでモールのパン屋に勝とうというのは、無理な話だろう。

「堀内さんよ」おれは言った。「おれはただの坊主だ。経営コンサルタントじゃない」

「はい」

「そんなおれに店のことを言われても困るよ。おれには何もできない」

「しかし、木場さんのお店は立て直したと聞きました」

「立ち直らせたかどうかはわからん。客が来るようになった、ただそれだけのことだ」

「わたしが欲しいのは、そのお客様なのです」

堀内が叫んだ。声に涙がにじんでいた。

「何だかよくわからないが……」おれは口を開いた。「あんたが大変なのはよくわかった」

「はい」

「何とかしてやりたいと思う。だが、おれにできることは何もない」

それが坊主というものだ、とおれは言った。そんなことはございません、と堀内が首を振った。

「御前様なら何かできるはずでございます」

「できないよ」

お願いでございます、と堀内が畳に頭をこすりつけた。

「何とか、何とかうちの店を……」

とにかく、店にいらしてください、と堀内が顔を上げた。面倒だなと思った。おれは昼飯を食べたばかりで、ちょっと眠かったのだ。

「行っても、何もできないよ」

「お願いでございます」堀内がおれの手を取った。「一度きりでよろしゅうございます。うちの店に来て、何かご助言を」

「今からか？」

「今でございます」

堀内が手を強く引いた。よっこらせ、とおれは立ち上がった。

「見に行くだけだぞ」

「よろしゅうございます。お願いいたします」

おれは堀内の後に続いて表に出た。坊主というのはこんなことまでやらなければならないのだろうか、と思った。

3

堀内の店は商店街の一番外れにあった。寺からは、ほんの数分のところだった。

「こちらでございます」

堀内が案内した。おれは導かれるまま、店に入っていった。

別にとりたてて変わったところのないパン屋だった。ガラスケースがいくつもあり、その中にパンが並べられていた。

変わったところがあるとすれば、そのパンの数が少ないことだろう。例えばアンパンと書かれているコーナーには、四、五個のパンしか置かれていない。他も同様だった。

パンの種類は全部で二十種ほどだ。アンパン、ジャムパン、クリームパン、クロワッサン、コロッケパン、焼きそばパン、ソーセージパンなどで、別に珍しい商品はなかった。

「食パンやフランスパンなどはこちらの棚に」堀内が言った。「サンドイッチなども置いております」

それなりに品数は豊富なようだった。結構なことじゃないか、とおれは言った。

「客は来るんだろう?」

「いえ、ほとんど」堀内の答えははっきりしていた。「この商店街の者しか客は来ません」

「そうかね」

木場の店と同じだった。この店もまた、ジャストモールとの競争に敗れたのだ。

「それでも、何とかやっていけるんだろう？」

「いえ、それが」堀内が首を振った。「もうにっちもさっちもいきません」

「そんなに売れないか」

はい、と答えた堀内が額の汗を拭った。

「もう、まったく」

「何でかね。それなりに客もついてるんだろう？」

「このところ、売り上げは落ちる一方です」

「なぜだ」

おそらくは、と堀内が言った。

「この商店街の連中が歳を取ったからだと思われます」

「ああ、なるほど」

年寄りはパンよりご飯だろう。一年経つごとに町の平均年齢は一歳上がる。

そんな彼らがわざわざパン屋に来なくなるのは、もしかしたら当然のことかもしれなかった。

「死活問題でございます」

「そうだな」

おれは腕を組んだ。そんなことおれに言われてもなあ。

「どうしたらいいのでしょう」

おれはガラスケースに目をやった。アンパン、百三十円という文字が目についた。

「百三十円ね」

他の商品を見てみた。クロワッサンのみ九十円という値付けだったが、それ以外のパンはおおむね百四、五十円だった。コンビニ並みか、それより少し高いぐらいだろう。

それじゃ売れないだろうと思った。値下げしてみたらどうだ、とおれは伝家の宝刀を抜いた。

「値下げでございますか」

「そうだ」

「いったいいくらほどに」

全品百円だな、とおれは言った。百円、と堀内が息を呑んだ。

「御前様、それは無理でございます」

「木場さんも同じことを言ったよ」

木場も反応は一緒だった。コーヒー一杯百円にしろと言ったおれに対して、それは無茶だと言った。

だが、徹底的なコストカットをしたことによって、どうにか店をやりくりしている。何とかなるさ、とおれは言った。

「あんたのパンは、味は悪くない。売れてもおかしくはないだろう。だがそのためには革命が必要だ」

「革命……でございますか」

「そうだよ」

無理です、と堀内が首を大きく振った。

「もともとパンというものは、薄利多売の商品でございます。今でもギリギリの値段でやっているのに、そんなに値段を抑えたら、絶対利益は出ません」

そう言われると、そうかもしれなかった。おれはパン屋について何も知らない。パン屋の経営などしたことはなかった。

だが、現実問題としてパンは売れていないのだ。このままでは店を閉めるしかないだろう。それが嫌なら、大胆な革命が必要だった。

「堀内さん、この店は開いて何年になる」

「四十年ほどでしょうか」

「最初はやっていけたんだろう？」

「はい」

「だが、このままでは店はつぶれる。そうだな」

「はい」

「あと、どれぐらい保《も》つかね」

「このままの客足でしたら……数カ月保つかどうか」

そうだろう、とおれはうなずいた。

「だったら最後に無茶をしてみろ。どうせどっちにしたってつぶれるんだ。それなら死んだ気になってやってみた方がいい」

「……そういうものでしょうか」

「そういうもんだ」

全品を百円にしろ、おれは言った。全商品、と堀内がつぶやいた。

「無理です」

「いちいちうるせえな。言われた通りにするんだ」

「原価が百円を超えているパンもございます」

「そんな商品は下げろ。もう二度と出すな」

「御前様」

堀内がぽかんと口を開いた。開いた口がふさがらないとは、まさにこのことだろう。

「ごちゃごちゃ言うな。全品百円にするんだ」

「そんなことは……」

「その分、大きさを今の半分にしろ」

「パンの大きさをでございますか？」

「そうだよ」

おれはパンについて何も知らない。わかっているのは材料が小麦粉ということだ。パンの大きさを半分にすれば、小麦粉の使用量が単純に言って半分で済む。そうすれば定価は下げられるだろう。

「しかし……半分というのは……」

「いいんだよ。だいたい、この店の客のほとんどは老人だろ」

「はい」

「老人にとってこの店のパンは大き過ぎる。ひとつ食ったら腹一杯だ」

「はあ」

「大きさを半分にして百円で売る。そして客にはいくつものパンを買ってもらう。それで利益は出るだろう」

「いつからでございますか」

「明日からだよ」

木場に言って、文房具店を開けてもらえ、とおれは言った。

「宣伝用のチラシを作るんだ」

「そんなもの、作ったことがございません」

「それはおれが手伝ってやる」

チラシ作りはおれの専門分野だった。まかしとけ、と胸を叩いた。

「何か紙はないか」

「紙でございますか」

堀内がレジの奥で何か探り始めた。おれは全品百円のコピーを考え始めた。

4

やることは同じだった。パン全品百円、と紙の中央に書き、その周りに細かい情報を入れると、簡単にチラシができた。

堀内はおれに言われた通り、柴田の文房具屋へ行ってそのチラシを千枚コピーし、町中に配ることにした。まあせいぜい頑張ってくれ。後のことは知らない。

堀内のパン屋がうまくいくかどうかはわからなかった。更に言えば、おれにとって、どうでもいいことだった。

ずいぶんとひどい話だが、そうなのだから仕方がない。どちらにしても、堀内によればパン屋はあと数カ月でつぶれるという。

どうせつぶれるのなら、早いうちの方がいい。それぐらいの気持ちだった。

くどいようだが、遅かれ早かれ店はつぶれる。堀内の言葉が本当なら、そうなるはずだった。

だったら百円パン屋になればいい。それでも客が来ないのなら、そういう運命だったのだ。

よし、理論武装は完璧だ。おれはその足で木場の店に行った。木場の店は相変わらず混んでいた。

「ああ、御前様」

木場が小さな丸椅子をカウンターの隅に出してくれた。おれは坊主特権でそこに座った。

「コーヒーをくれ」

「ただ今」

木場がヤカンのお湯を確かめた。沸いているようだった。

「忙しそうだな」

店は満員だった。オバサンが多い。皆、手にビニール袋を持っていた。

「買い物帰りの客か」

「そのようで」

木場が言った。ほとんど間を置かずに、おれの前にコーヒーが出てきた。早いのはインスタントコーヒーだからだ。

「いいじゃないか」

「そうでもありません」木場が小声で言った。「皆、一杯のコーヒーで粘るケチな客でございます」

「それでも客は客だ」

コーヒー、お代わりちょうだい、と四人掛けの席に座っていたオバサンたちから声が上がった。木場の女房が注文を取りに行った。

「お代わりをしてくれる客もいるじゃないか」

「しかし、一杯百円では」

儲けは出ません、と木場が首を振った。そうでもないだろう、とおれは言った。

「客が百人くれば売り上げは一万円だ。原価はいくらだ？　水道代とインスタントコーヒー代だけだろう」

「そう言ってしまえば……そうなんでございますが。ただ、光熱費はかかります。それを考えると」

「不用な電気は消せ。トイレなんか使わせるな」

「無茶をおっしゃいますな」

木場があっけにとられたような顔をした。そうかな、とおれは首を傾げた。

「駄目かね」

「そんな店はございません」

木場はまだ常識にとらわれているようだった。だから駄目なんだ、とおれは言った。

「一杯百円なんだ。多少の無茶は許してもらわないと」

「トイレが使えない喫茶店などございません」

あんたがそう言うのなら、とおれは自分の意見を引っこめた。なかなかいい考えだと思ったのだが。

「忙しいばかりで、利益が伸びません」

木場がグチを言った。あんた、とおれは聞いてみた。

「前の方がいいかね？　いつ来るかわからん客を、ぼんやりと待つような毎日の方が」

「……いや、それも困りますが」

「どうしたいんだ」

おれは尋ねた。イライラしてきたのだ。

「……どうでしょう御前様。コーヒー一杯二百円にしてみては」

駄目だ、とおれは首を振った。

「百円だからインパクトがある。二百円にしたらドトールと同じだ」

「それはそうでございますが……」

木場には未練があるようだった。確かに、二百円にすれば今の二倍の売り上げということになる。だが、それでは駄目なのだ。

まず、客が来なくなるだろう。当然、落ちる金も少なくなる。

結果として、中途半端に客が入るだけの、ただの喫茶店になってしまう。それでは意味がない。

「百円コーヒーで押し通すんだ」

「ですが……」

「うるさいな。祈ってやらねえぞ」

おれは殺し文句を言った。木場が口を閉じた。まだまだポックリ逝きたいようだった。

それから一時間ほどおれは木場の店にいた。オバサンたちが帰り出し、代わりに学生たちが来るようになったところで店を出た。

ちゃんと料金は払った。百円コーヒーだから払えるのだ。

「じゃあな、木場さん。また明日」

「お待ちしております……御前様」

「何だ」

「次のご祈禱はいつでございましょう」

「そんなことより、まず店を軌道に乗せることを考えるんだな。それからだよ」

木場の店が忙しいのは、おれにとってありがたいことだった。ポックリ逝くよう祈らないで済む。おれは祈禱が苦手だった。

じゃあな、と言っておれは寺に戻った。玄関先に差し入れが置かれていた。

(律義なことだ)

つぶやいて、中を開けてみた。まんじゅうが四つ入っていた。ありがたやありがたや。

その後も何人か客が来た。差し入れを持ってきた連中だ。おれは一人一人の手からその差し入れを受け取った。

「ナンマンダブナンマンマンダブ」

おれは一人ずつに祈ってやった。それだけで満足らしい。皆、笑顔になって帰っていった。

いつものように差し入れを飲み食いし、夜になると寝た。毎日がルーティンになっているのを感じていた。

5

翌日、おれは十時になるのを待って堀内のパン屋に行った。どうなっているのか、自分の目で見たかったからだ。

店は開いていた。おれが中に入ると、堀内が出てきた。

「これはこれは御前様」

「どうかね、具合は」

まだ店を開けたばかりですので、と堀内が首を振った。

「客は来ておりません」

「言われた通り、チラシはまいてきたのか」

「はい。一枚残らず」

おれはガラスケースの中を見た。半分とまではいかないが、三分の二ほどの大きさのパンが並んでいた。

そして、パンの種類が減っていた。昨日見たところでは二十種ほどあったパンが、十種類になっていた。

「もっと種類を多く出せればいいのですが」

「うん」

「とてもそこまでは手が回りません」

仕方がない、とおれは言った。いろんな種類のパンを作っていたのでは、採算が合わないのは想像できた。

「これでいいんだ」

「御前様……」

「何だ」

「客は来るでしょうか」

わからんね、とおれは正直に意見を述べた。木場の店とはわけが違う。四百円のコーヒーが百円になるというのは、確かに衝撃的な値下げと言えたが、百五十円のパンが百円になったところで、客が増えるのかどうかはおれにもわからなかった。

「堀内さん、あんたジャストモールのパン屋は知ってるのか」

「はい。何度も行ったことがあります」

「パンはいくらぐらいで売っていた？」

「さあて……百五十円ほどだったでしょうか」

まあ、そんなものだろう。パンなど、どこで買ったとしても同じだ。

だからこそ、ジャストモールのパン屋には客が押し寄せているのだろう。どうせ買い物をするなら一カ所で済ませたいというのは、考えるまでもないことだった。

「まあ、とにかくおれが買ってやるよ」

アンパンとカレーパンをくれ、とおれは言った。ありがとうございます、と堀内がカウンターの奥へ引っこんだ。

手際よく二つのパンがビニール袋に入れられ、そのまま小さな紙袋に収まった。堀内が袋を差し出した。

「二百円になります」

わかってる、とおれは百円玉を二つ取り出した。渡すと、堀内がレジを打った。

「ありがとうございます」

袋を開いて中のパンを見つめた。どんなものだろうか。行儀は悪いがその場で食ってみることにした。

まずアンパンをひと口食べた。別にどうということもない。普通のアンパンだった。

「うまいよ」

お世辞だったが、堀内は喜んでいるようだった。

(イートインならな)

買ったその場でパンが食べられるようになっていれば、もう少しやりやすいのだが、と思った。立ち食いというのは、いかにも落ち着かない。

それに、飲み物がないのも痛かった。パンを食うなら、やっぱりコーヒーとか紅茶とかと一緒に食べたい。

「どうだい、堀内さん。ここで買ったパンを木場さんの店に持ち込んで食えるようにしては」

「そんなことができるのですか」

多分な、とおれは答えた。

「木場さんにはおれから話しとく。たぶんオーケーだろう」

木場にとってもその分店に行く客が増えて、プラスになるはずだ。

百円パンを買い、百円コーヒーの店に行く。自然な流れだろう。

おれはアンパンを食ってから、カレーパンに取りかかった。ちょっと濃いめの味つけだった。

そうやってパンを食っていたら、店のドアが開いた。入ってきたのは知らないババアだった。

「いらっしゃいませ」

堀内が言った。ババアの手にはチラシがあった。

「食パンをくださいな」

ババアが言った。そちらに、と堀内が壁の方を指さした。

「そちらにございます」

「これも百円なの?」

ババアがずけずけと聞いた。何でも百円でございます、と堀内が答えた。

「あらそう。いいわね」

ババアが食パンを選び始めた。六枚切りと八枚切りがあったが、六枚切りの方が気に入ったようだった。

「これをちょうだい……ついでにアンパンも二つ」

出た。ついで買いだ。おれの狙《ねら》いはそこにあった。

何か目当てのものがある客が、百円という値段を見て、ついでに他のパンを買っていくだろうと思っていたが、そのもくろみ通りだった。おれの立てた作戦が当たったということになる。

「はい、アンパン二つでございますね。他にはいかがでしょうか」

「そうねえ……それじゃクリームパンも二つちょうだい」

わかりました、と堀内がパンの棚にトングを入れて、紙袋に放り込んだ。

「おいくら?」

「五つで五百円になります」

ババアが五百円玉を一個出した。ちょうどでございます、と堀内がそれを受け取った。

その時、またドアが開いた。今度はオバサンの二人連れだった。

「もうやってるの?」

一人のオバサンが言った。はい、と堀内が答えた。オバサン二人が狭い店の中を歩き回っている。品定めをしているようだった。

それから昼まで、数十人の客が来た。百円効果のようだった。そして昼過ぎには、ほとんどのパンが売り切れていた。

「御前様」

うんうん、とおれはうなずいた。予想以上の結果だった。

「どういたしましょう」

「パンを焼けよ」おれは言った。「まだまだ客は来るぞ」

女房を呼んできます、と堀内が言った。

「わたし一人では、とても手が回りません」

その方がいい、とうなずいた。一人でこなすには限界があるだろう。

「何もかも御前様のおかげでございます」

堀内が深々と頭を下げた。まあそんなことはいいから、とおれは言った。

「さっさとパンを焼いてこい。まだまだ売れるぞ」

はい、と堀内がカウンターを飛び出して行った。やれやれ、とおれはため息をついた。

Part7　百円文房具

1

パンは売れ続けた。

百円という値段の強さもあったのだろう。食パンから調理パンに至るまで、すべてが百円で買えるというのは、やはり消費者にとって大きいようだった。

おれは店がオープンしてから昼過ぎまでは店にいたのだが、どう見ても邪魔者でしかなかったので、寺に戻った。もう一度堀内のパン屋に顔を出したのは、午後四時頃だった。店の表には、閉店いたしましたという札がかかっていたが、おれは構わずにドアを押し開いた。

「ああ、御前様」

レジの向こうで堀内が言った。疲れた表情だった。

隣にいたババアがお辞儀をした。堀内の女房なのだろう。

「どうだ、調子は」

おれは言った。調子も何も、と堀内が手を広げた。

「見ての通りでございます」

店内を見回した。ガラスケースの中に、パンはひとつも残っていなかった。

「完売か」

さようでございます、と堀内がうなずいた。

「今から一時間ほど前に、最後の食パンが売り切れました」

「よかったじゃないか」おれは言った。「百円にしたかいがあったというものだ」

「はあ……ですが」

堀内が低い声になった。どうした、とおれは聞いた。

「何か文句でもあるのか」

「文句というわけではございませんが……とにかく、その、利益が出ません」

「木場さんも同じことを言ってたよ」

木場も今の堀内とまったく同じことを言っていた。百円コーヒーでは利益が出ないと泣きついてきたのだ。

それは錯覚だ、とおれは説明した。今までと同じように商売をやっていたのでは、利益が出ないと考えるのも無理はない。

そうではないのだ。あんたの店は百円コーヒーショップに生まれ変わったのだ。

そうなったらそうなったで商売のやり方を変える必要があるだろう。具体的には原価を安くすることだ。

おれは堀内にも同じ説明をした。もう今までのパン屋とは違う。百円パン屋になったのだ。それなりの商売のやり方というものがあるだろう。

「喫茶店とはわけが違います」堀内が言った。「原価を安くしろとおっしゃられても、難しゅうございます」

「そこを何とかするのがあんたの仕事だろう。考えろ。原価を安くする方法はいくらでもあるはずだ」

「ですが……」

「言っておくが、味は落とすなよ」おれは言った。「堀内さん、あんたの店のパンは特別うまいわけではない。いや、まずくはないよ。普通に食える味だ。だが、これといって特徴はない。味が落ちれば客は逃げる」

「御前様、無茶をおっしゃいますな」堀内が泣き顔になった。「定価を百円に抑えるのが精一杯で、味を調《ととの》えるのは難しゅうございます」

「あんたもプロだろう。パンを作って何年になる」

「かれこれ四十年は経ってますでしょうか」

「それなら味を統一させるのも難しいことじゃあるまい」

それはそうですが、と堀内がため息をついた。頑張れ、とその肩を叩いた。

「明日も客は来るぞ。今のうちにパンを仕込んでおけ。明日は今日の倍売るんだ」

パンの売れ時というのが何時かは知らないが、常識的に考えれば昼前と夕方だろう。堀内の話では、店は三時に閉めたという。

夕方のボーナスチャンスを逃したのは確かだった。いかにももったいない。

「品切れで閉店なんてみっともないぞ。少し売れ残るぐらいでちょうどいいんだ」

はあ、と堀内が返事をした。わかっているのかいないのか。しっかりしろよ、とおれは言った。

「いいか、百円均一のパン屋というイメージを客に植え付けるのは、今しかないんだ。ここが正念場なんだぞ」

「わかっております」

「この一週間は寝ないで働け」

「御前様」

「それぐらいのつもりでやれと言ってるんだ。わかるな」

「はい……」

「じゃあな。おれは帰るぞ。明日、また様子を見に来る」

「わかりました。お待ちしております」

おれは店を出た。明日、堀内の店に客は来るだろうか。

まあそんなことはどうでもいい。来なかったら来なかった時のことだ。

(明日のことは明日考えればいいんだ)

胸のうちでつぶやきながら、おれは歩いた。

2

向かった先は木場の店だった。店は相変わらず客で一杯だった。

「よう」

「あ、これはこれは御前様」

「景気よさそうじゃないか」

おれは言った。木場がカウンターの端に丸椅子を出してくれた。

「とりあえず、コーヒーをもらおうか」

少しお待ちを、と木場が言った。すぐにコーヒーが出てきた。さすがはインスタントだ。

「聞きましたよ、御前様」

木場が言った。何をだ、とおれは聞いた。堀内ベーカリーのことでございます、と木場が声を低くした。

「すべてのパンを百円にしろとおっしゃったとか」

「そうだよ」

「御前様らしいお言葉ですな」

「悪いかね?」

おれは頭を掻いた。とんでもございません、と木場が首を振った。

「堀内さんのお店は廃業寸前でした。わたくしは付き合いがあるのでその辺の事情もよくわかっております」

「ああ、そうだってな」

木場の店に食パンを卸しているのが堀内であることは、前に聞いて知っていた。当然木場は堀内の店の経営状態も知っていただろう。

「正直言って、堀内さんのお店は苦しかったと思います。うちの店以上に」

木場が言った。毎日赤字続きだったというこの店の店主が、苦しかったはずだと言うのだから、堀内の店の大変さは半端ではなかったのだろう。

「喫茶店は客が来てからコーヒーを淹れます」木場が言った。「客が来なければ何をする必要もございません」

「うん」

「しかし、パン屋さんはパンを用意しておかなければなりません。商品がなければ客など来ませんからね」

「そりゃそうだ」

「作り置きをしておかなければ、商売にならないのです」

「喫茶店との違いはそこだな」

はい、と木場が大きくうなずいた。

「売れればそれでいいのですが、売れ残った場合にはそれがすべて損金となります」

その通りだろう。パン屋に限ったことではないが、食品を扱う店にとってそれは死活問題のはずだ。

肉屋、魚屋、八百屋などはその典型的な例だった。適正に仕入れて適正に売る。商品が足りなくてもまずいし、余っても困る。その辺の事情はパン屋も同じだろう。

「堀内さんのお店は客が減っていきました。ジャストモールのせいでございます」

「うん」

「モールにパン屋が二軒入っていることはご存知ですか」

「聞いたよ」

「客は全部そちらに流れていきました」

「らしいな」

コーヒーのお代わりをください、という声がした。少々お待ちを、と木場が言った。うむ、とおれはうなずいた。

木場がコーヒーカップにインスタントコーヒーの粉を入れているのが見えた。お湯を注ぐと、あっという間にコーヒーができた。

それを木場の女房が席まで運んでいった。木場が戻ってきた。

「ええと……どこまでお話しいたしましたか」

木場が言った。モールに堀内の店の客が全部流れていったところまでは聞いた、とおれは言った。

そうなんでございますよ、と木場が更に声を低くした。

「パンは売れません。しかし、店を開けている限り商品は作らなければなりません。負のスパイラルでございますな。うちの方がましだというのは、そういうことでございます」

「そうやって考えると、食料品を売ってる店ってのはずいぶんとリスキーなものなんだなあ」

おれは言った。印刷屋だったおれにはわからなかったことだが、そういう商売はなかなか大変なものなのだなあと思った。

「ここのところはずっとそんな話ばかりで」木場が言った。「堀内さんは店を止めるかどうしようかずいぶんと迷っておりました」

「まあ、売れなきゃそうなるだろうな」

弱肉強食は世の習いだ。負けたら店を閉めなければならないのは、ある意味で当たり前のことだった。

「それでも、何とか店を続けておったのですが」

「うん」

「ずいぶんと追いつめられておりました。そんな堀内さんが御前様を頼ったのは、当然でございます」

頼られても困る。おれはコンサルではないのだ。

とはいえ、木場にそんなことを言っても始まらないので、おれは黙っていた。

「それにしても、百円パン屋とは思い切ったことをしましたな」

「まあな」

「いかがでしたか、売れ行きは」

「よかったよ。三時には売るものがなくなったそうだ」

それはよろしゅうございましたなあ、と木場が言った。

「しかし、利益は出ないでしょう」

「かもしれんな」

「難しいところでございます」

「あんたの方はどうなんだ」

おれは聞いた。まあ何とか、と木場が言った。

「忙しいわりに儲けは出ませんが、それなりのものは」

よかったじゃないか、とおれは言った。確かに木場の顔は明るくなっていた。

「木場さんよ、あんたの店で堀内さんの店のパンを売ってみたらどうかね」

「堀内さんの店のパンでございますか」

「そうだよ。ここでパンが売れたら、少しは利益も出るだろう」

考えてみます、と木場が言った。なかなかいい考えだと思ったらしい。木場が少し笑っていた。

それから一時間ほど、木場の店にいた。別に何もすることはない。ただ黙って煙草を吸っていただけだ。

3

五時頃、おれは店を出た。寺に戻ると、客が待っていた。

「御前様」

寺の前に立っていたのは文房具屋の柴田だった。何かね、とおれは言った。

「折り入ってご相談がありまして」

「へえ」

まあ入れよ、とおれは柴田と一緒に寺の境内《けいだい》に入っていった。おれたちは本堂で向かい合って座った。

「お茶でも飲むかね」

「いえ、けっこうでございます」

まあそう言うな、とおれは立ち上がって、台所でお湯を沸かした。

「ちょっと待っててくれ」

「はい」

お湯はすぐに沸いた。おれは湯呑みに茶を入れて、本堂に持っていった。

「まあ、とりあえずどうぞ」

「ありがとうございます」

おれたちは向かい合ったままお茶をすすった。静かな時間が流れていた。

「すまなかったな」

おれは言った。何がでしょうか、と柴田が顔を上げた。

「チラシのことだよ。木場の店といい堀内の店といい、あんたには迷惑をかけた」

ああ、そういうことですか、と柴田が笑った。

「たいしたことじゃございません」

「申し訳ないと思ってる」

「いえ、どうせ眠ってる機械ですから」

「まあそうかもしれんが、コピー用紙もただじゃないだろう。すまなかった」

いえいえ、と柴田が首を振った。おれはお茶を飲んだ。

「それで、何かね、相談というのは」

はあ、と柴田がうつむいた。面倒なことは嫌だぞ、とおれは言った。

「実はですね」

柴田が口を開いた。そのままじっと動かなくなる。

何なんだろう。おれは少し前のめりになった。

「うちの店は閉めてから四年ほどになります」

そうなのか。言われてみれば、柴田の店はほこり臭かった。

「どうして閉めたんだ」

「客が来ませんので」柴田が言った。「開けても意味がありませんから」

「なるほど」

おれはうなずいた。柴田の店がシャッターを降ろしたのは、単に客が来なかっただけの話だった。

無理もない、とおれは思った。この商店街は死んでいるのだ。

「後は静かに余生を暮らすつもりでおりました」

「余生って……柴田さん、あんた今いくつだ」

「六十八でございます」

「六十八で余生ってのは、ちょっと早過ぎないか」

「かもしれません。ですが、どうしようもなかったのです」

そんなこと言われてもなあ。リタイヤするにはちょっと早過ぎるんじゃないだろうか、というのがおれの率直な感想だった。

「実際、静かに暮らしておりました。生活は息子たちからの仕送りで何とかなっていました。後は年金をもらうだけ」

「うん」

「そこへ、木場さんの店で使うチラシを作れといきなり言われました」

「突然ですまなかったな」

「いえいえ。別に他にやることもございませんでしたし」

柴田が笑った。嫌みのない笑みだった。

「そして昨日は堀内さんの店のチラシ。驚きましたな」

「おれだって驚いている」

おれは言った。両方とも成り行きでそうなったのだ。

「しかも、二つの店は共にうまくいっていると聞きました」

「そりゃわからん。いつまで続くのかは仏のみぞ知るだ」

おれは素直に意見を述べた。木場の店だって客は増えたが、利益が出ないと聞いている。それは堀内の店も同じだった。

「すべては御前様のアドバイスがあったからと聞きました」

「あれはアドバイスなんかじゃないよ」おれは手を振った。「ただ思いつきを言っただけの話だ」

「いえ、アドバイスでございます」柴田が言った。「御前様のお言葉に従い、二つの店は成功いたしました」

「まだ成功したかどうかはわからないと言っている」

「ですが、客が増えたのは事実でございましょう」

おれは黙った。確かに、木場の店も堀内の店も客を増やすことには成功していた。それは本当だ。

「御前様」柴田がにじり寄ってきた。「うちの店にもアドバイスをいただけないでしょうか」

何を言っているのだ、この男は。おれは呆然とした。文房具のことなどおれは何も知らないのだ。

「御前様、お願いでございます。どうか良きアドバイスを」

柴田がひれ伏した。まあとにかく顔を上げろよ、とおれは言った。

「どういうことだ」

「もう一度、店を開けてみたいと考えております」

柴田が言った。

「四年間も閉めていたのに？」

「はい。今さらではございますが、もう一度だけやってみようという気になりました」

「あんた、さっき静かに余生を送りたいとか、そんなことを言ってたじゃないか」

「はい、そのつもりでございましたが……」

柴田の目に涙が浮かんでいた。この男は情緒不安定だ、と思った。

「また文房具屋をやりたいのかね」

「さようでございます」

それはなあ、とおれは腕を組んだ。難しいだろうと思ったのだ。

「柴田さん、ジャストモールに文房具屋は入っているのかね」

「はあ？」

「はい。ステーショナリーショップとファンシーショップが一軒ずつ」

柴田が答えた。そりゃまあそうだろう。モールと名乗るからには、そういう類の店がなければおかしい。

「今さらそういう店に対抗するのは無理があるんじゃないのか」

「それはそうでございますが……」

「無理して店を開けることはない。息子さんの仕送りと年金に頼って生きていけ」

「そこを何とか」柴田が叫んだ。「何とかならないでしょうか」

「柴田さん、あんたの気持ちはわからんでもない。だがな、相談相手を間違えてる。おれはただの坊主だ。文房具のことなど何も知らないんだ」

「では、喫茶店についてはお詳しかったのですか？」

柴田が言った。いや、そんなことはない。

おれにとって喫茶店というのはただの店だ。経営については何も知らない。

「パン屋についても、よくご存知だったのですか？」

それも同じだ。おれはパン屋のことなど何も知らない。

「そうでございましょう」柴田がうなずいた。「それでも、御前様はその二軒のお店にアドバイスをされました。そしてそれがうまくいき、今や両方ともこれまでが嘘のようなにぎわいを見せております」

「食い物屋と文房具屋は違うだろう」

「違いなどありません」

両方とも商売でございます、と柴田が言った。そりゃそうかもしれないが。

「いかがでございましょう、御前様。何かわたくしにアドバイスをいただけないでしょうか」

「そりゃ何とも……困った話だ」おれはつぶやいた。「おれはあんたの店のことを何も知らない」

「それでは店にいらしていただけないでしょうか」柴田が立ち上がった。「さあ、御前様」

「おいおい、おれは今帰ってきたばかりなんだぞ」

「そうおっしゃらずに」

柴田がおれの腕を引いた。これも坊主の役目なのだろうか。この展開はまずいなあと思いながら、おれは重い腰を上げた。

4

柴田の店に着いた。

おれは今まで一度しかこの店に来ていない。前に来た時は、木場の店のチラシをコピーすることで頭が一杯だったが、よく観察してみると、店内は見事にすすけていた。すべての棚がほこりをかぶっている。この店をどうしたいんだ、とおれは聞いた。

「柴田さん、無理だよ」

「そこを何とか。御前様のお力で」

「何度も繰り返すようだが、おれはただの坊主だ。文房具屋のことなど何も知らない。アイデアを出せって言ったって無理だよ」

何とかならないでしょうか、と柴田がしょんぼりとした。とにかく、とおれは口を開いた。

「もう一度店をやりたいというのなら、まずは掃除だな。店内をきれいにしなけりゃ、客も入る気がなくなるというものだ」

手伝ってやろうか、とは言わなかった。面倒臭そうだったからだ。

「けっこうな大仕事だぞ」おれは言った。「この店をきれいにするというのは」

「やってみます」

いつの間にか、柴田はボールペンとメモ用紙を持っていた。おれが何かアイデアを出さないか待ちかまえているのだ。そんなにうまくいくものか。

「実は御前様」柴田が言った。「セールを考えているのでございます」

「セール？」

「はい。例えばですが、全品三割引、四割引というような」

なるほどねえ、とおれは店内を見回した。

「いいんじゃないのか」

「何割引にすればよろしゅうございましょうか」

ノート、ボールペン、封筒、その他いろいろな文具が店にはあった。並んでいる商品を見てるうちに、おれはあることを思いついた。

「柴田さん、はっきり言って何割引のセールなんかやってる場合じゃないと思うぞ」

「と申しますと」

「そんな中途半端なことでは客は戻らないと言っている」

中途半端、と柴田が首を傾げた。

「セールでは駄目だとおっしゃるのですか」

「ああそうだ」おれはうなずいた。「この店の商品はすべて古い。そんなことをしたって客は来ない」

「では、どうしたらよいと？」

「全品百円にしろ」

はあ？　と柴田がさらに首を傾げた。

「御前様、何をおっしゃっておられるのですか」

「言った通りだよ。すべての商品を百円で売れ」

「そんな無茶な」

「無茶ではない」おれは言った。「それぐらいしなければ客は戻ってこないと言っている」

「御前様、うちは文房具屋でございます」

「わかってるよ」

「コーヒー屋でもパン屋でもございません」

「そんなことはわかってる」

「商品には高いものもございます。例えばこのボールペン」柴田が棚から一本のボールペンを抜き取った。「こちらは二千円になります」

「へえ」

高いんだなあ、とおれは言った。そうです、と柴田がうなずいた。

「仕入れ値は半額ほどだったと記憶しております。つまり約千円。それを百円で売ったら、赤字などというものではありません。損金が出ます」

「だがな、柴田さん」おれは店を見回した。「はっきり言うが、この四年間あんたは店を閉めていたと言ったな」

「申しました」

「つまり、ここにある品物はすべてデッドストックというわけだ」

「まあ……そうでございますね」

「売り上げがないというのなら、それこそ損金だろう。百円でもいいから売り上げが立った方がいいと思わないか」

「……それは」

「ぐだぐだ言うな。覚悟を決めろ」

おれは声を大きくした。柴田がびっくりしたように顔を正面に戻した。

「ですが、御前様」

「何だ」

「この店には百円より安い商品はございません」

「だからいいんじゃないか」

「いいとは」

「客にとっていいことだと言っている」

「しかし、店にとっては大損になってしまいます」

うるさいな、このジジイは。

「いいんだよ、それぐらいで。一回店をリセットするんだ」

「リセット」

「そうだよ。店内の商品をすべて売り払え。その金で、今度は百円以下のものを仕入れるんだ」

「どうやってでございますか」

「そんなこと知るか。自分で考えろ。あんたの専門だろう」

無茶苦茶をおっしゃいますなあ、と柴田が口をあんぐりと開けた。無茶苦茶であろうと何だろうと、それしかないのだ。

「さっさとチラシを作れ」

「チラシでございますか」

紙とペンをよこせ、とおれは言った。柴田が棚からコピー用紙を一枚持ってきた。全品百円とおれはその真ん中に書いた。

5

それからが大変だった。

柴田が大急ぎで店の掃除を始めた。おれはその間にチラシの売り文句を考えた。とにかく何でも百円で売るということを知らしめなければならない。コーヒー屋やパン屋とはそこが違った。

「御前様」柴田がハタキをかけながら言った。「本当にそんなことをしなければならないのですか」

「当たり前だ」おれは言った。「あんたはもう一度店をやりたいと言った。そのためには冒険が必要だ」

「冒険でございますか」

「そうだよ。チャレンジが必要なんだ」

はあ、とわかったようなわからないような顔をした柴田がゆっくりとうなずいた。細かいことは気にするな、とおれは言った。

「とにかく、あんたは言われた通りにすればいい」

チラシができたぞ、とおれは言った。

「これを千枚コピーしろ」

「はあ」

「それをこの辺の家々に配るんだ」

「忙しい話でございますな」

「あんたがやるんだ」

コピーで思い出した、とおれは言った。

「客にコピー機を使わせてやれ」

「コピー機をでございますか」

「十枚までならタダで使わせてやると言うんだ」

タダで、と柴田が絶句した。しかし、おれには考えがあった。

今や各家にプリンターの一台や二台はあるだろう。それを使って簡単なコピーぐらいならできるはずだ。

でも、大きいサイズや、写真のコピーなどはどうか。まだまだそこまではいっていないだろう、というのがおれの読みだった。

そういう連中はどうしてるのか。コンビニへ行ってコピーをしているのだろう。コンビニのコピーはいくらか。白黒で一枚十円というところなのではないか。けっこう高い。おれはそう判断していた。だったら柴田の店はコピーをタダにしてやればいい。

それを目当てに客は来るだろう。客寄せパンダだ。

「それだけでも客は来る。ついでにノートの一冊も買っていくはずだ」

「はずでございますか」

「絶対とは言えない」

おれは首を振った。信じられない、といった様子で柴田が肩をすくめた。

「いいからおれを信じろ。坊主は信じるためにある」

「はあ」

「ナンマンダブナンマンダブ」

おれは両手を合わせた。柴田が黙って頭を下げた。

「いいか、掃除は手を抜くなよ。新店オープンのつもりでやれ」

「はい」

おれはそこらへんにあったコピー用紙に、それもまたいくらでもあったマジックでチラシを書き続けた。色とりどりで、なかなかきれいなものになった。

〝コピー十枚までタダ!!〟

〝全品百円!!〟

そんな売り文句を書きとばしていった。御前様、と柴田が言った。

「くどいようですが、本当にそんなことをしてよいのでしょうか」

「そんなことはわからん」

無責任な答えに柴田が顔をしかめた。いいか、とおれは言った。

「新しい文房具なんて、そんなにいつも必要なものじゃない。というか、はっきり言えば普通の生活を送ってればいらないものだ」

「それは……そうでございますな」

当然だろう。例えばハサミなど、家にひとつあれば十分だ。十個も二十個も持っている奴は異常と言っていい。

そしてハサミはなかなかこわれない。一度買ったら、よほどのことがない限り買い換えないものなのだ。

ボールペンだってそうだ。一本のボールペンを使い切るまでには、相当な時間がかかる。使い終えるまでに、なくす方が多いくらいだろう。

要するに、文房具というのは消耗品に見えて、実はそうではないのだ。全品百円にしたところで、客が来るかどうかはおれにもわからなかった。

とはいえ、何もしなければ客など来るはずもない。無茶でも何でも、全品百円ということにして売り出さなければどうしようもないとおれは考えていた。

「コーヒーやパンを売るのとは違う。すぐ結果が出るかと言えばそうでもないだろう。だが柴田さん、あんたの店は四年間売り上げがゼロだった。それを一からやり直すというのだから、相当な無茶をしなければならない。それはわかるだろう」

「……わかります」

「あんたの店はジャストモールに客を取られたと言ったな」

「はい、申し上げました」

「それを取り返すためには、大勝負に出なければならん。だからこその全品百円だ」

「はい」

柴田がうなずいた。本当にわかってるのかな、この男は。

おれは書き終えたチラシを持って店の外に出た。セロハンテープで窓にチラシを貼っていく。幸いというべきか、何しろ文房具屋なのでセロハンテープはいくらでもあった。

「いいな、チラシを家々に配るんだ」おれは店の中に向かって叫んだ。「一枚残らずだぞ」

「一人ではとても手が回りません」

「あんたも女房ぐらいいるだろう。店のことは女房に任せて、あんたはチラシを配りに行け」

わかりました、と柴田が言った。あきらかに混乱していた。

「おたおたするな。落ち着け」

「はい」

「じゃあな、おれは帰るぞ」

御前様、と柴田が飛び出してきた。

「もう帰られるのでございますか」

「当たり前だ。これ以上おれに何をしろって言うんだ」

「いえ、その……何かもっと別なアドバイスを」

「もうないよ。おれに考えられるのは全品百円にしろってことだけだ」

実際そうだった。それ以上のアイデアはなかった。御前様、と柴田が身をよじった。

「まさかそれだけとは……」

「他には何もない。あんたは言われた通りにすればいい」

柴田の顔は真っ白になっていた。おそらく、無責任過ぎると言いたかったのだろう。だがさすがにその言葉は呑み込んだようだった。

「わかりました……おっしゃる通りにします」

「そうしろ。まあ今より悪いことにはなるまい」

今が売り上げゼロなのだから、これ以上問題が起きるとは思わなかった。それだけが唯一のなぐさめだっただろう。

おれは寺に戻った。戻るなり、帰ってきたことを後悔していた。

そこには三人の客が待っていた。どいつもこいつも悲壮な顔をしていた。

「御前様」三人のうちの一人が口を開いた。「お待ち申し上げておりました」

「何なんだよ、いったい」

「助けてください」真ん中の男が言った。「御前様のお力にすがるしかないのです」

「勘弁してくれよ」おれは中に入った。「いったいどうなってるんだ」

「木場組合長から聞きました」三番目の男が言った。「御前様に頼めば店を何とかしてくれると」

「おれはそんな男じゃない」

「御前様！」

三人が同時に頭を下げた。やめてくれ、とおれは言った。

「いいか、よく考えてみろ。おれは単なる坊主だ。何の力もない。祈ることしかできない男なんだ」

「そんな御前様に救っていただくしかないのです」

木場の奴、と思った。何を言ったのか知らないが、よほど大げさに話したに違いない。

おれは口を開いた。

「おい、とにかくこの商店街の店主を全員集めろ」

「なぜでございますか」

言われた通りにしろ、とおれは怒鳴った。三人が寺を出ていった。まとめて話をした方が早い、と思っていた。

Part8　革命せよ

1

夜七時、寺に大勢の人が集まっていた。

その中には見覚えのある顔もあったし、まったく知らない顔もあった。とりあえず言えるのは、平均年齢が明らかに高いことだった。

おれは連中を本堂に座らせた。もちろん席は足りない。中に入れない者は寺の庭に立たせた。

「御前様」

木場が近づいてきた。いいところに来た、とおれは言った。

「あんた、司会をしろ」

「何ですって？」

「あんた、組合長だろ」

「まあ、そうでございますが……」

「何とかしろ」

はあ、と木場がうなずいて、そのままおれの前に出た。

「皆さん、お静かに……お静かに」

ざわざわしていた連中の動きが止まった。木場が額の汗を拭った。

「組合長の木場でございます」

頭を下げた。何なのだろう、という目でみんながそれを見ていた。

「集まってもらったのは他でもありません。御前様より組合員の皆様にお話があるということでございます」

御前様、という言葉が出たとたん、皆が頭を下げた。何だかなあ。

「静かに聞くように……それでは御前様、どうぞ」

うむ、とうなずいておれは前に出た。別にマイクがあるわけじゃない。地声で話すだけだ。

「突然呼び出してすまなかった」おれは言った。「夕飯時だというのに、悪かったな」

皆が首を振った。とんでもございません、という声が聞こえた。

「さて、話したいのは簡単なことだ」

もう一度左右を見た。本堂はもちろん、庭にもたくさんの人が並んでいた。

「最近、おれはこの商店街の何軒かの店に対して、ちょっとした提案をした。ちょっとした、だぞ」

みんなが顔を見合わせている。もちろん事情はよくわかっているのだろう。そこでだ、とおれは声を大きくした。

「最初に言っておく。おれは経営コンサルタントではない。ただの坊主だ」

とんでもない、と皆が手を振った。そうなんだよ、とおれは言った。

「単に祈ることしかできない、ただの坊主だ。それが現実なんだ。だからおれに期待するな」

ざわめきが起きた。おれは口を開いた。

「言いたいことはいろいろあるだろう。だが、おれには関係のないことだ。みんなもおれに頼るな。それぞれ考えるところに従って店をやっていけばいい。それを伝えたかった」

「ですが、御前様」

手が挙がった。知らない顔の老人が立っていた。

「何だ」

「御前様のアドバイスに従って、木場組合長の店に客が来るようになったのは事実でございます」

「あれはアドバイスをしたわけじゃない」おれは首を振った。「そうしてみたらどうなんだ、と提案をしたまでのことだ」

「提案もアドバイスも同じでございます。御前様のご提案のおかげで、木場組合長の店は大にぎわい。それはその通りでございましょう」

おれは黙った。言ってることはその通りだったからだ。

「皆の気持ちはひとつでございます」老人が話を続けた。「わたしらも木場さんの店のように、昔のように、多くのお客様を呼び戻したい、そういうことです」

時代が違う、とおれは言った。

「確かにこの商店街も、昔は活気があっただろう。だが、時は流れた。今では近所にショッピングモールもできた。街道沿いには多くの量販店が並んでいる。あんたらはそれについていけなかった。世の中の流れだ。どうしようもなかったんだ」

「しかし、それでも」老人が言った。「わたしらはもう一度やり直したいと思っております。ですが、もう新しいアイデアは出ません。わたしらは歳ですから」

「歳は関係ないだろう」

「いえ、あります。もうわたしらの中からは、新しい考えなど出てこないのでございます」

当人が言うのだから、そうかもしれない。おれは辺りを眺めた。うつろな表情を浮かべた老人たちが呆然と座っていた。

庭の方を見た。そこに並んでいる顔も、皆ぼんやりとしていた。

「そこで、御前様のアイデアを伺いたいとわたしらは考えています。何か新しい風を吹かせてくださるのではないかと信じております」

そんなこと言われてもなあ。おれにも別にアイデアなんてないのだ。

木場の店の時は、たまたまうまくいった。それは確かだ。だが、そんなにまぐれ当たりは続かないだろう。

そう言おうと思ったが、別のところから手が挙がった。また別の老人だった。

「御前様、どうかお助けください」老人が言った。「わたしらを助けてください」

「そんなことはできない」

おれは冷たく言った。それくらい言わないと効かないと思ったのだが、老人はしつこかった。

「御前様、わたしは今年で七十になります。もう先はありません。最後に死に花を咲かせたい、そう思っております」

七十だったら無茶しないでおとなしく座っていればいいと思うのだが、本人にとってはそうでもないらしい。表情は真剣だった。

「そう考えるのはわたしだけではございません。ここにいる者たちは皆同じように考えておるはずです」

そうだ、という声がいくつも聞こえた。何だか吊し上げを食らっているような気分だった。

おれが何をしたというのだ。何もしていない。ちょっと思いつきを言っただけなのに、何でこんなに責められなければならないのだろう。

だんだん腹が立ってきた。もともとそんなに気が長い方ではない。

「じゃあ聞くがな」おれは言った。「あんたら、どうしたいんだ」

「この商店街を生き返らせたいのです」最初の老人が言った。「もうこの商店街は死んでおります。それは確かです。ですが、最後の最後まで死んでいるというわけではございません。まだ脈はあります。最後に一回だけ、挑戦してみたいのです」

なるほど、とおれはうなずいた。

「だったら、どんなことを言われても従うか」

「従います」

そうだな、みんな、と老人が言った。おお、と賛同の声が上がった。

よし、わかった、とおれは言った。

「では言うがな、この商店街は百円均一商店街になれ」

みんなが黙った。

2

あの、と木場がおずおずと口を開いた。

「御前様、それはどういう意味でございましょう」

「どういう意味もへったくれもあるか。言った通りだ。この商店街は何でも百円均一で売れ」

「お待ちください」声がかかった。「わたしは高田と申します。布団屋を営んでおります」

その顔には見覚えがあった。寺に布団を届けてくれた男だ。

「おお。それがどうした」

「御前様は布団の値段というものをご存知でしょうか」

布団の値段。言われてみれば知らなかった。布団って、いったいいくらぐらいするものなのだろう。

「寝具セットというものがございます」高田が言った。「シーツ、毛布、敷き布団、掛け布団、枕のセットです」

「それで？」

「一番安いタイプのものでも、セットで一万円はいたします」

「なるほど」

「それを百円で売れと？」

「そうだよ」

その場にいた全員が苦笑した。ただ一人、高田だけが真剣な表情をしていた。

「御前様、そんなことはできません」

当然の反応だった。おれだってそれぐらいのことはわかっていた。

「それでも百円で売れと言っている」

「御前様」

高田が絶句した。周りの人が皆ささやきを交わしている。

「いいか、おれは真面目だぞ。真剣に言っている。今の価格がいくらかは知らん。だが、いくらであろうとも百円で売れ。それがおれの提案だ」

「御前様」

「御前様」

無茶でございます、という声が聞こえた。うるせえうるせえ。

「無茶を承知で言っている。何でも百円で売るんだ。おい、布団屋。あんたの店は営業しているのか」

「……しておりません」

「店を閉めてからどれぐらいになる」

「そうですね……かれこれ四、五年といったところでしょうか」

「その間、売り上げはなかったわけだな」

「さようでございます」

「だったら、百円でも売り上げがあった方がいいだろうが」

「いやそれは……」

再び高田が絶句した。その隣に座っていた老女が立ち上がった。

「御前様」

「何だ」

「わたしは千歳屋《ちとせや》という着物屋を営んでいる木村《きむら》と申します」

老女が言った。そうか。それがどうした。

「ご存知の通り、着物というのは高価なものでございます」

「だろうな」

それぐらいのことはおれでもわかる。おれは老女の次の言葉を待った。

「品物には十万円二十万円のものが、ざらにございます。御前様はそれも百円で売れと?」

「そうだよ」

「御前様!」老女が叫んだ。「それはあまりに無茶というものでございます」

「木村さんと言ったな。あんたの店は営業しているのか」

おれは冷静に言った。老女が下を向いた。

「……一応、店は開けております」

「先月、客は何人来た?」

「……一人も」

「一人もこなかったんだな」

「……はい」

「そんな状態がどれぐらい続いている」

「さあ……何年になりますことやら」

「そうだろう。その理由を教えてやろうか」

「何でございましょう」

「着物が高過ぎるんだ」おれは言った。「店に置いてある品物が高過ぎるんだよ」

「それは……」

「いいか、みんな」おれは老人たちの方を向いた。「あんたらはおれにアドバイスを求めた。だからおれはアドバイスをした。それを受け入れるかどうかはあんたらの勝手だ。好きにすりゃあいい」

「御前様」

木場が不安そうな目でおれを見た。気の小さな男だ。

「いいか、それぞれの店には事情というものがあるだろう」おれは言った。「そりゃいろんなことがある。だがな、残念ながらもう何をやっても手遅れだ。あんたらがいつも言っているように、この商店街は死んでいる。死んでるんだ」

皆が頭を垂れた。おれは話を続けた。

「死んでいるものを生き返らせるのは、坊主にもできない。そんなことは無理なんだ。だが、あんたたちはもう一度やってみたいという。気持ちはわからんでもない。とはいえ、もう一度生き返るためには相当な無茶をしなければならない。何でも百円で売れというのは、そういうことだ。それぐらいの覚悟を持たなければ、商店街を生き返らせることはできない」

「ですが、御前様」木場がみんなの意見を代弁した。「そんなことをしたら店は破産します」

そうかもしれない。しかし、そんなことを言ってる場合ではないのだ。

「なるほど、じゃあ逆に言おう。百円均一の店にできないような奴は店をつぶしちまえ」

乱暴な、という声がした。そんなことはわかってる。

「いいか、よく聞けよ。時代はデフレだ。負のスパイラルだ。金利は上がらない。株も下がってる。そんな時代に対応するためには、徹底的なコストダウンが必要なんだ」

「ですが、着物を百円で売れだなんて」木村というさっきの老女が叫んだ。「そんなことは不可能です」

「木村さん、これだけは言っておくぞ。百万の着物、二百万の着物があったとしても、売れなければただのクソだ。在庫をいくら持っていても意味はない」

「……ですが、そんな百円なんて……」

「無茶はわかってる。百円で売れば損をすることもわかっている。だから、そんな商売をやってる連中はサービスを売れ」

「サービス？」

老女が首を傾げた。サービスだよ、とおれは繰り返した。

「例えば着物だ。着物というものについて、おれは何も知らないが、売っただけでは終わらないだろう。着物には着方というものがある。そいつを教えるんだ」

「着付けということですか」

老女が言った。そうだ、とおれはうなずいた。

「着付け教室を開け。着物の着方を教えてやるんだ。そのサービスを百円で売れ」

「着物を百円で売って、着付けを百円で教えるのですか」

「そういうことだ。それで日銭が入ってくる。入ってくれれば生活は回る」

一時間百円でどうだ、とおれは提案した。老女が黙り込んだ。代わりにまた別の爺さんが立ち上がった。

「田中と申します。商店街で瀬戸物屋をやっております」

「営業してんのか」

「いえ、今は……店を開けてはおりません」

「そうかい。それで？」

「うちの店のものも、全品百円で売れということでしょうか」

「そう言ってる、何でも百円だ」

田中が腕を組んだ。何だよ。何か文句でもあるのか。

「店を閉めて十年になります」田中が言った。「確かに売れなければ、あんなものはガラクタ以下ですな」

そうだろう。茶碗にしたって皿にしたって、売れなければただの不良在庫だ。いくらあっても意味はない。

「ですから、百円で売れという御前様のお話はよくわかります。それぐらいのことをしなければ客が集まらんでしょう」

「そういうことだ」

「ですが、その後はどういたしますか」

「その後？」

「今の在庫がすべて売れたとしましょう。何しろ百円ですからな。売れてもおかしくはありません。ですが、御前様はすべてが売れた後、どうするかというお考えはございますか」

「田中さんと言ったな」

「はい」

「あんた、百円ショップというのを知っているか」

「一応、あるということは存じております」

「一回行ってみろ。あらゆるものが百円で売られている。茶碗、皿、コーヒーカップ、何もかもだ。そういう店と同じように、百円以下の物を仕入れて百円で売ればいい。利は薄いが利益は出る」

「そんな安く仕入れられる店を御前様は知っておられるのですか」

「おれがそんなこと知るわけないだろう」おれは言った。「自分で調べろ。おれに押しつけるな」

田中が頭を掻いた。何か考えているようでもあり、何も考えていないようでもあった。

「もう一度言うぞ」おれは口を開いた。「この商店街は死に体《たい》だ。それはあんたらもわかってるはずだ。ここからやり直すためには革命が必要なんだ。百円均一商店街として新しく生まれ変わるしか道はない」

コンビニを見ろ、とおれは言った。

「コンビニはあの狭さで数千点以上の商品を売っている。当然、在庫管理も徹底している。努力の結果、コンビニというものは成立しているんだ。あんたらも努力しなければならない。この商店街を挙げて、コンビニ化、百円均一ショップ化していく以外、生きていく道はない」

誰も何も言わなかった。おれも口を閉じた。あとはこいつらが考えるだけだ。

3

一時間後、老人たちが寺から出ていった。残っていたのは木場だけだった。

「御前様」木場が言った。「大丈夫なんでしょうか」

「何がだ」

おれは座り込んだ。木場は立ったままだった。

「百円均一商店街なんて……無茶でございますよ」

「そうかな」

「いや、確かにうちの店に関しては、まあうまくいきました。コーヒー一杯百円というのは破格の値段です。客が増えたのはある意味当然のことです」

儲けはありませんが、と木場がつけ加えた。

「だったらいいじゃねえか」

「いや、コーヒー屋だからうまくいったのです。さっき組合員の皆さんが口を揃えて言っていたように、すべての品物を百円で売るというのは、いささか無理があると言いますか……」

「だけどな、木場さんよ」まあ座れ、とおれは言った。「今じゃこの商店街で営業している店は数少ない。そうだろう」

「それはその通りでございます」

「いわゆるシャッター商店街現象が起きている。そういうことだ」

「そうですな」

「しかも、それは最近始まったことじゃない。四、五年店を閉めてるなんてのはザラだし、中には十年近く店を閉めてる奴もいるという」

「それもおっしゃる通りですな」

「だったら百円で売っても損にはなるまいよ」

「それは……おっしゃる通りではございますが」

木場が正座した。足を崩せよ、とおれは言った。

「あんたは真面目すぎる。もっと適当に考えればいいんだ」

「商店街のことを適当には考えられません」

「さすがは組合長だ」

拍手したおれに、木場が首を振った。

「例えばですが……せめて半額セールということでは駄目なのでしょうか」

駄目だ、とおれは首を振った。

「この商店街は死んでいる、と言ったのはあんただろう。確かにその通りだと思う。もうこの商店街は死人も同然だ。それを生き返らせるためには、中途半端なショックでは無理だ。無茶もしなければならん」

もちろん、木場の言うことはわかる。というか、普通の感覚で言えば、半額セールというのは妥当なところだろう。

だが、それでは駄目なのだ。客には客の習慣というものがある。一度ショッピングモールに通うことを覚えてしまった客に対して、もう一度商店街に戻ってもらうというのは難しいだろう。

そのためには、無理を通さなければならない。具体的には、百円均一商店街になったところを見せつけなければならないのだ。

「ですが、御前様」

「うるさいな、あんたは。あんまり細かいことをグチャグチャ言うと、祈ってやらねえぞ」

「とおっしゃいますと」

「あんたらがポックリ逝かないように、祈ってやるということだ」

「それは困ります」木場が真っ青な顔になった。「そんなことをされては困ります」

どうやらまだポックリと逝きたいらしい。店を繁盛させたいと思いながら、ポックリと逝きたいというのは矛盾した話だが、気持ちはわからないでもない。

「まあ、どうするかはみんなが決めることだ。おれも別に強制したつもりはない。あくまでもひとつの提案だ」

「それはその通りでございますな」

「おれの提案を受け入れるも受け入れないも、あんたらの自由だ。好きにすりゃあいい」

「はあ……」

「わかったら帰れ。あんた、まだ店があるだろう」

「店は女房に任せてあります」

そう言いながらも木場が立ち上がった。じゃあな、とおれは手を振った。

「また明日コーヒーを飲みに行くよ」

「はい。いつでもどうぞ」

それではごめんくださいと言って木場が寺を出ていった。おれとしては別に何もすることはない。飯を食ってシャワーを浴びて寝るだけだ。

(明日、どうするかな)

商店街の連中はどうするつもりなのだろう。本当に百円均一で物を売り出すのだろうか。そんなことを考えてもきりがない。おれには何の関係もないことだ。

(勝手にすりゃあいい)

おれは差し入れの団子をひと口食べた。意外とうまかった。

4

翌朝。

おれは六時に目を覚ました。最近、早寝早起きがパターンになっている。健康的な暮らしだ。

顔を洗い、歯をみがき、それから新聞を取りに行った。昨日の残り物を食べながら、新聞を丹念に読んでいくと、あっという間に三時間が経った。

そこでおれのやるべきことは終わった。することは何もなかった。

(しょうがない)

おれは袈裟に着替えた。他にどうしようもない。木場の店にでも行くとしよう。

まだ九時過ぎだったので、通りは静かだった。それでも木場の店に着くと、えらいもので老人たちが順番を待っていた。

「ごめんよ」

おれは老人たちの先頭に出た。こういう時坊主は楽だ。誰も文句を言わない。

「よう」

「あ、御前様」木場が出てきた。「いらっしゃいませ」

丸椅子を用意してくれた。カウンターの端におれは座った。

「朝も早いのに、混んでいるな」

店は満員だった。客はすべて老人だ。

「おかげさまで」木場が頭を下げた。「何とかやっております」

「いいことだ」

おれはコーヒーを頼んだ。すぐに、と木場が下がっていった。

辺りを見回すと、老人がぎっしり溜まっていた。新聞を読んでいる者が多かった。

「木場さんよ」おれは言った。「あんたのところは、新聞を置いているのかね」

「いえ」木場がコーヒーカップをおれのところに持ってきた。「そんなサービスはやっておりません」

「それにしちゃあ、新聞を読んでいる者が多いが」

「家から持ってくるのです」

「他に行くところがないのかな」

「そうでございましょう。年寄りは社会の邪魔者ですから」

そうなのかもしれなかった。おれは話を変えた。

「ところで、例の百円均一の話はどうなってる」

「組合員の数名から、わたくしに問い合わせがございました。他にやる店はあるのかどうか、そんなことです」

「あんたは何て言ったんだ」

「やる店もあればやらない店もあると。実のところ、わたくしにもわからないのです」

「なるほど」

「今のところはっきりしているのは、うちと堀内ベーカリーさんが百円で商品を出しているということだけです」

「文房具屋もやると言ってたよ」

「さようでございますか。柴田さんもねえ」木場が腕を組んだ。「もう四、五年店を開けてはおりませんでしたが」

「そんな店ばっかりだろう」

「そうなんでございますよねえ。皆、店を閉めておりましたから」

いったいどうなることやら、と木場は首を振った。

「どうなんだろう。木場さんよ……みんなは本気で百円均一をやるのかな」

「まさか。そんなことはないでしょう」

「そうかね」

「わたくしの場合、御前様のアドバイスは大変ありがたいものでした。コーヒーの単価を百円にして、店に客を呼び戻すというのは、とてもいい作戦です」

「なるほど」

「ただコーヒーなどというものは、もともと単価が安いものでございます。四、五百円がいいところ。それを百円に下げるのは、心理的な抵抗こそございましたが、できないことではありませんでした」

「うむ」

「おそらく、その辺の事情は堀内さんのところも同じでありましょう。パンの値段など、たかが知れています」

「そうだな」

「ですが、もっと高い物品を扱っている店にとっては、百円均一など考えられないことでしょう。昨夜もそんな話が出ておりましたが、例えば呉服店にとって、百円で着物を売ることなどありえない話です」

木場の言う通りだった。一杯四百円のコーヒーを百円にして売るのとはわけが違う。十万も二十万もする物を百円で売れとおれは言ったのだ。我ながら、無茶苦茶なことを言ったと思う。

「おれはな、木場さん。おれの本音は、サービスを百円で売れと言いたかったんだ」

「サービス、でございますか」

「そう、サービスだ。着物の話が出たからそれに乗っかってみると、着物を百円で売るのはいくら何でも無理だろう。だが、着物というものは売りっ放しの商品じゃない」

「とおっしゃいますと？」

「今、日本人で自分で着物が着られる奴がどれぐらいいると思う？」

「さあ……考えたこともございませんですな」

「着付け教室がテレビでコマーシャルをやってる時代だぞ。着物を自分で着ることができる人間なんて、ほんのひと握りだ」

「まあ、そうでしょうな」

「だから、着付け教室を開けばいいと思ったんだ」

「着付け教室」

そうだ、とおれはうなずいた。

「着物の着方を教えてやるんだ。三十分百円でも一時間百円でもいい。そういうところで金を儲けろとおれは言いたかった」

「しかし、それは相当な手間がかかりますな」

「手間を惜しんじゃいけない。金をかせぐっていうのは、そういうことだろう」

「それはそうでございますが」

「金儲けをそんなに簡単に考えちゃいけないよ。金は汗水たらしてかせぐものだ」

「それはその通りでございますなあ」

コーヒーお代わり、という声が飛んだ。木場の女房がコーヒーカップを取り替えに行った。

「この商店街には喫茶店が数軒ございます」木場が口を開いた。「それらの店が定価を下げてくるのは確かでしょうな」

「あんたの店の真似をするか」

「さようでございます。喫茶店はその辺のことはどうとでもできますから」

木場が笑った。そういうことなのだろう。

「あとは八百屋とか肉屋とか魚屋でございますな。仕入れをうまくやれば、百円均一の商品を並べることも可能でしょう」

「そんなことができるかね」

「たぶん。利益は出ないかもしれませんが」

あとはねえ、と木場がため息をついた。文房具屋はどうだ、とおれは言った。

「並べている商品の中には、かなり高いものもあったようだが」

「赤字を覚悟しているなら、何でもできますでしょうな。御前様がおっしゃっていた通り、店は何年も閉めたままです。在庫処分と思ってやれば、できるでしょう」

「他の店にもそういう覚悟はあるかな」

「条件は皆一緒でございます。ほとんどの店が、数年から十年ほどはシャッターを降ろしたまま。すべてはほこりをかぶる在庫だと思えば、百円で売っても損にはなりますまい」

「そうかね」

「わたくしが思ってるのは、その後のことでございます」

木場が難しい表情になった。その後とは何だ、とおれは聞いた。

「文房具屋でもネクタイ屋でも何でもいいのですが」木場が話し始めた。「百円で売るのはよろしゅうございましょう。それで一時的に商品が売れることは十分に考えられます」

「そうだな」

「ですが、問題はその後でございます。物が順調に売れていけば在庫ははけるでしょう。ですが、残るのはほんのわずかな金だけでございます。御前様、百円のノートが百冊売れたところで、売り上げはたった一万円でございますよ」

木場が言っている、その後、というのはそういうことだった。百円で物を売ったとしても、今度は仕入れをしなければならない。商品が置かれていなければ、それは店ではない。

「今度は百円以下の物を仕入れてこなければなりません。皆、その当てがあるのかどうか」

「そりゃ、確かに苦しいな」

「わたくしが申し上げているのはそれでございます。百円で物を売るのはよろしゅうございましょう。一時的とはいえ、カンフル剤的な働きはあるでしょう。ですが、長い目で見た場合、それはどうか。そういうことでございますよ」

「そいつは難しい問題だな」

はい、と木場がうなずいた。

「御前様は、そこまで考えておられたのでしょうか」

「いや……正直言って何も考えてなかった」

おれは言った。先のことまで考えている余裕など、おれにはなかったのだ。

「まあ、無理もございません。御前様には俗世のことなど関係ないことでございますからな」

「そう言われると……」

おれは煙草を一本抜き取って口にくわえた。木場が灰皿を出してくれた。

「ですが、どうなるにせよ、決めるのはそれぞれの店でございます。御前様には何の責任もございませんよ」

「みんながそう思ってくれればいいんだがな」おれはライターで煙草に火をつけた。「その辺、どうなんだろうか」

「自己責任でございますよ。自分で決めたことを自分で実行するのです。そこに御前様の意思は関係ありません」

それならいいんだが、とおれは煙を吐いた。コーヒーをもう一杯いかがですか、と木場が言った。いつの間にか、目の前のカップは空になっていた。

「もらおう」

少々お待ちを、と木場が引っ込んでいった。やれやれ、と思いながらおれはまた煙を吐いた。

Part9 嵐

1

それから十一時まで木場の店で粘った。コーヒーを二杯飲んだ。二杯で二時間いたのだから、相当頑張った方だろう。それで二百円なのだから安いものだ。

「木場さんよ」おれは声をかけた。「ちょっと商店街の様子を見てくる」

「さようでございますか」木場がうなずいた。「午後にでも、またいらっしゃいますか」

「そうだな。そういうことになるだろう」

じゃあな、と言っておれは立ち上がった。店を出て、目指したのは堀内ベーカリーだった。

歩きながら左右を見た。別に昨日までと何も変わらない。商店街は死んだままだった。

堀内ベーカリーに着くと、店はもう開いていた。驚くべきことだが、客がたくさんいた。

「よう」

おれは中に入って声をかけた。あ、御前様、と堀内が頭を下げた。

「いらっしゃいませ」

「にぎわってるな」

少々お待ちを、と堀内がレジの奥から出てきた。

「午前中から客が多いじゃないか」

「おかげさまで」また堀内が頭を下げた。「このようなありさま」

狭い店内に二十人ほどの客がいた。それぞれにトレイを持っている。みんな中年の女だった。

動くこともままならない。みんなが押しあいへしあいしていた。

「売れ行きは……よさそうだな」

「はい」

堀内が言った。おれは左右を見た。レジにオバサンたちが並んでいた。

「順調か」

「順調でございます」堀内が声を低くした。「利益が出ないことを除けばの話ですが」

「儲からないか」

「百円では」堀内が首を振った。「とてもとても」

「まあ、後は企業努力の問題だな」おれは手近にあったコロッケパンを取り上げた。「頑張って原価を安くすることだ」

「わかってはおりますが……なかなかうまくいきません」

おれは堀内に百円玉を一枚渡した。

「このコロッケパンはもらっていくよ」

「ありがとうございます」

おれは立ったまま、その場でコロッケパンをかじった。昔懐かしい味がした。

「悪くない。好みで言えば、もう少しソースがかかってるといいんだがね」

「申し訳ございません」

気にするな、とおれは言った。これは嗜好の問題だ。この味つけが好きな客もいるだろう。

「ちょっとよろしいかしら」

オバサンの一人がおれと堀内の間に入ってきた。何やらパンをさがしている。百円なのだから、迷うことはないと思うのだが、それが主婦の性《さが》というものなのだろう。

「おいしいですよ、このコロッケパンは」

おれはもうひと口パンを食べながら言った。あらそうですかとか何とか言いながら、オバサンがコロッケパンを二つトレイに載せた。

ありがとうございます、と頭をぺこぺこ下げながら、堀内がおれの側に寄ってきた。

「御前様。実はコロッケパンは最も利益の薄い商品でございます」

耳元でささやいた。おや、そうなのか。

「他の商品を勧めてもらった方が」

「わかったわかった。では食パンはどうかな」

「それも……利益の薄い商品でございます」

どうやらおれの勧める商品は皆利益が出ないもののようだった。というより、どれもこれも儲からないようにできているらしい。

「おれは邪魔者らしいな。帰るよ」

「御前様」お待ちください、と堀内が言った。「その……相談があるのでございますが」

「何だね」

堀内がドアを開けておれを外へと誘った。人前で話せないことらしい。おれも素直に従った。

「御前様、その……百円均一でパンを売るというアイデアはよろしいのですが……ご覧の通りちっとも利益が出ません」

「そういうものだろう」

「パンによってですが、一円単位で儲けを出しているような状態。これでは商売になりません」

「どうしたいっていうんだ」

「つまり、適正価格で売っては駄目でしょうか」

「適正価格っていうのは何だ」

「例えばコロッケパンでございます」堀内がおれが持っていたコロッケパンを指さした。

「本来なら百五十円で売る商品でございます。それでこそ儲けが出るというもの」

「うん」

「同じように、それぞれのパンには利益が出る価格というものがございます。百円にするのはサービス品だけで、他のものはそれぞれに利益の出る価格で売ってはいかんのでしょうか」

いかんね、とおれは首を振った。

「そりゃ駄目だ、堀内さん。百円均一のパン屋だからこそ、客は来ている。そうでなかったら誰も見向きもしない。また前のような状態に戻るぞ」

「そうでございましょうか」

「当たり前だ。百円均一だからこそそのにぎわいだろう。値段を元に戻したら、客はみんなジャストモールに行ってしまう」

堀内が肩を落とした。頑張れ、とおれは言った。

「今が正念場だ。ここを乗り切れば必ず光が見えてくる」

「……そうでございましょうか」

わたしにはちっとも希望が見えません、と堀内が首を振った。心配するな、とその肩を叩いた。

「どんな商品が売れるのか、どんなサービスを客が求めているのか、わかる時が来る。そうすれば効率よくパンを売れるはずだ」

「このまま続けろと」

「そういうことだ」

わかりました、と堀内が言った。じゃあな、とおれは手を振った。

「また様子を見に来るよ」

「はい。いつでもお待ちしております」

「コロッケパン、うまかったよ。ごちそうさま」

おれは足早にその場を去った。堀内がありがとうございます、と言った。

その足で、柴田の文房具屋へ向かった。柴田もまた百円均一で店を営業すると言っていた。どうなっているのか、確かめたかったのだ。

2

少し歩くと、すぐに柴田の店が見えた。おれは店の中に入っていった。

驚いたことに客がいた。子供ばかりだ。

「ああ、御前様」奥に座っていた柴田が出てきた。「いらっしゃいませ」

「邪魔するよ」おれは言った。「どうかね、店の調子は」

「まあその……何とも言えません」

「何とも、とは？」

「何しろ店を開けるのが五年ぶりです。商売というものがどういうものなのか、自分でもわからないありさま」

なるほど、それは難しかろう。五年ぶりではカンも鈍るというものだ。

「それでも、客がいるじゃないか」

「子供ばかりですよ」

おれは辺りを見た。どの棚にも〝百円均一〟という札が貼ってあった。

「今朝から始めているのですが」柴田が声をひそめた。「子供というのは賢いものですね。高い商品ばかり買っていきます」

「そうかね」

「はい。もう商売じゃありませんな。慈善事業です」

柴田が諦めたように笑った。おれも付き合いで笑ってみせた。

「しかし、在庫処分と思えば腹も立ちません」

「その心がけは大事にしろよ」

おれは言った。店の中を子供たちが走り回っている。

「オジサン」子供が一人出てきた。「これちょうだい」

子供がノートを差し出した。ジャポニカ学習帳と書いてあった。

「百円だよ」

柴田が言った。マジで？　と子供が聞き返した。

「本当だ」

「じゃあ、じゃあ、ちょっと待ってて」子供が走り出した。「三冊買っても百円？」

「一冊百円だ」柴田がうなずいた。「三冊だったら三百円だよ」

「お前ら、学校はどうした」おれは走り回っている子供の一人を捕まえて聞いた。「お前、小学生だろ？」

うん、と子供が元気よく言った。

「あのね、午前中自習になったの」

「なんでだ」

「担任の先生がニンシンしてるんだけど、子供が産まれそうになったんだって」

子供が早口で説明した。いったいどういうことなのかわからなかったが、要するに陣痛が来たらしい。最近の学校のことは、おれにもよくわからない。

「だからヒマなんだ」

「ヒマだったら学校を抜け出してもいいのか」

「だって自習だもん」

そういうものではないだろう。教室にこもってマジメに勉強をするのが自習のはずだ。だが、子供たちにはそんなこと関係ないようだった。

「オジサン、じゃあこれ」

さっきの子供が戻ってきた。手にはジャポニカ学習帳を三冊抱えている。三百円だよ、と柴田が言った。子供が五百円玉を出した。

「はい、お釣り」

レジのところにいった柴田が二百円持ってきた。子供がそれを受け取って、ポケットに入れた。

「他にもいろいろあるぞ」柴田が棚を指さした。「シャープペンシルとかはいいのか？」

「いらない。持ってる」

子供が首を大きく振った。そりゃ残念、と柴田が自分の肩を叩いた。

「まあ、欲しいものがあったらまたおいで」

「うん」

「学校に行って宣伝してきておくれ。文房具屋が百円セールをやっているって」

「うん、言っとくよ」

面倒臭そうに子供がうなずいた。こまっしゃくれたガキだ。

「すいません」店先で声がした。「開いてるの？」

おれと柴田はその声の方を見た。三十代の主婦が立っていた。

「開いてますよ」柴田が愛想よく答えた。「いらっしゃいませ」

「チラシ見て来たんだけど」主婦が言った。「とりあえず、何でも百円て書いてあったんだけど、本当？」

「本当ですよ。店にあるものはすべて百円です」

「あらそう。本当だったのね」

店の中を歩き回り始めた主婦が、セロハンテープあるかしら、と言った。

「ございますよ」

大中小と揃っております、と柴田が言った。どれが百円なの、と主婦が聞いた。

「どれでもです」

柴田が答えた。え、というような顔で主婦が柴田を見た。

「どれでもって、どういう意味？」

「大でも中でも小でも百円です」

「あらそう……じゃあ大にするわ」

「はいはい」

柴田がうなずいた。ちょっと待って、と主婦が言った。

「本当に、何でも百円なの？」

「本当ですよ」

まあ大変、と主婦がうなった。

「いつまで百円均一なの？」

「とりあえず、店の商品がなくなるまでです」

柴田が答えた。まあ大変、と繰り返した主婦がまた歩き出した。オジサン、という子供の声がした。

「この消しゴムちょうだい」

「百円だよ」

柴田が言うより先に、子供が百円を差し出した。毎度あり、と柴田がにっこり笑った。

3

数日後。

おれはいつものように朝六時に起きた。よく晴れた朝だった。

とりあえず、トイレに行った。用を足し、ついでに顔を洗う。さっぱりとした目覚めだった。

(ここへ来てから、よく寝るようになったな)

おれはこの寺へ来るまでのことを考えた。借金取りの高杉に追われて、寝ている時間などなかった。サウナや漫画喫茶を転々とし、とにかく逃げ回っていた。

それが今では一日八時間も寝ている。不思議なものだ、とおれは思った。

新聞を取りに行った。この寺は心安らぐ場所なのだが、残念なことにテレビもラジオもない。娯楽に乏しいのが難だった。

幸いなことに商店街の好意のおかげで、新聞だけは毎日届く。それを読むのがおれにとって唯一の楽しみだった。

部屋に戻り、新聞を開くと、中には広告の類がどっさり挟みこまれていた。だがおれには関係ない。不動産の売買の話など、おれにはどうでもいいことだった。

昨日の夜寺に届けられたおにぎりを食べながら、新聞を丹念に読んだ。日本と中国の関係は悪化しているようだった。昔はどうでもいいと思っていたが、読んでいるとなかなか面白かった。

その他にも興味深いニュースはいくらでもあった。これは面白いというより、おれがいかに時間を持て余しているかという話だ。時間が余っていなければ、新聞など斜めに読んでおしまいだっただろう。

だが、今では社会とおれをつなぐ唯一の窓だ。新聞を読むのにはそんな意味があった。二時間かけて新聞を熟読した。最後にテレビ欄を見て、おれの楽しみは終わった。

(さて、どうするかな)

時計を見た。八時過ぎだった。しょうがない、木場の店にでも行くか。とりあえずモーニングコーヒーといこう。

おれは新聞を折り畳んで、部屋の隅に積んであった新聞の束に重ねて置いた。ついでに、さっき横に置いておいた広告の類を取り上げた。

(ん?)

違和感があった。おれは広告の類を順に見ていった。新築マンションの広告、引っ越し屋の広告、お金貸しますという街金の広告、そして四枚目、その紙があった。

なぜ違和感を覚えたのか、それは、その広告の紙だけがコピー用紙だったからだ。大きさも微妙に違う。おれはその紙を抜き取った。

(何だ、こりゃ)

開いてみて驚いた。表面には堂々と大きな赤文字で、〝ラッキーロード商店街は百円均一商店街に生まれ変わりました!〃とあった。

(どういうことだ)

おれは裏面を引っくり返して見た。上三分の一ぐらいの大きさで、何でも百円で売ります、と書いてあった。そして下三分の二ぐらいの欄に、店名がずらずらと記されていた。

焼きそば屋、そば屋、パン屋、電器屋、カバン屋、レストラン、ブティック、フルーツ専門店、着物屋、メガネ屋、コスメ屋、茶碗屋、ネクタイ屋、人形屋、八百屋、時計店、魚屋、喫茶店、呉服屋、居酒屋、靴屋、化粧品店、おもちゃ屋、総菜店、お茶屋、カメラ屋、下着屋、台所用品店、カレー専門店、中華料理屋、帽子屋、家具屋、花道具屋、花屋、作業衣屋、金物屋、お菓子屋、洋傘店、寝具店、酒屋、その他数多くの店に〝わたしたちは百円均一の店になりました〃と記されていた。

(何だこれは)

おれは驚いた。確かに、おれは商店街の連中を集めて、もう一度商店街を昔の姿に戻したいなら、百円均一商店街になれ、と一席ぶった。だが、まさか本当にやるなんて。

あの時、商店街の連中はおれの提案に対して、どちらかといえば否定的だったはずだ。無理もない。高価な品物を百円で売れとおれは言ったのだ。それこそ十万も二十万もするものもある。そんなものを百円で売ることなどできないというのは、当然の反応だった。もちろんおれにもそんなことはわかっていた。いくら店に客が来ないからといって、十万円の商品を百円で売ることなどできるはずもない。そんなのは当たり前のことだった。では、なぜ百円均一商店街になれと言ったのか。はっきり言って、面倒臭かったからだ。おれの提案を受け入れた木場の店は、コーヒーを一杯百円にした。そのせいで客足が戻った。戻ったというより、倍になったと言うべきだろう。

木場の店は昔のにぎわいを取り戻し、うまくいっているように見えた。それに敏感に反応したのは堀内のパン屋だった。やはりおれのところに来て、店を何とかしてくれないかと依頼してきたのだ。

おれだって別にアイデアマンというわけではない。元はといえばただの印刷屋だ。おれにはパン屋のことなど何もわからない。だからおれはパン屋にパンを何でも百円で売れと言った。それしか思いつかなかったのだ。

不平不満は言ったものの、パン屋はその提案を受け入れた。するとどういうわけか客が戻ってきた。利益こそ少ないものの、店がうまく回っていくようになったのだ。

そんな状況を見て、いくつかの店がおれにアドバイスを求めてきた。冗談じゃない。おれにはそんなことできない。できるわけがない。

いちいち店の頼みに応じるのは面倒臭かった。だからおれは全員を集めて、百円均一商店街に生まれ変われと言った。できないことは百も承知だった。

すべては面倒事から逃れるためだ。おれは静かに暮らしていたかった。平和な毎日を送りたかったのだ。

幸い、この商店街の連中はおれのことを坊主だと勘違いしてくれている。お供え物というべきか、必ずどこかしらの家が、食い物は差し入れてくれていた。

何にもやることはないが、とにかく食って寝ることだけはできる。そしてそれはおれが求めていた唯一のことだった。

借金取りに追われることもなく、いつ見つかるのかとびくびく脅《おび》えることもなく、平和に毎日を暮らせる。それがおれの願いだった。

そしてそれはうまくいっていた。おれには何の不満もなかった。

このまま死ぬまでこの寺で暮らしたい。おれは本気でそう思っていたのだ。

おれの提案にはそういう意味があった。放っといてくれ。おれに何も期待しないでくれ。あんたたちも今まで通りぼんやり暮らしていてくれ。

だからおれはあんなことを言ったのだ。言ってみれば一種の冗談のようなものだった。

だが、そうはいかなかった。商店街の連中はおれの冗談を真に受け、本当に百円均一商店街に生まれ変わろうとしている。

(そんな馬鹿な)

おれは広告を握りしめて表に飛び出した。向かったのはもちろん木場の店だった。

4

時計を見ると八時半になっていた。もう木場の店はオープンしていた。おれは店に飛び込んだ。

「おや、御前様」

いらっしゃいませ、と木場が言った。店は相変わらず混んでいた。

「いらっしゃいませじゃないぞ」

どうなさったんでございますか、と木場がおれの顔を見た。

「どうもこうもない」おれは広告を差し出した。「あんた、見たか」

木場が丸椅子を出してくれたので、そこに座った。

「コーヒーでよろしゅうございますか」

「コーヒーなんざどうでもいい」おれは首を振った。「あんた、知っていたのか」

「はい、存じておりました」

コーヒーお代わり、という声が飛んだ。少々お待ちを、と木場が言った。

「知ってて、放っておいたのか」

木場がおれの目の前にコーヒーカップを置いた。

「放っておいたと言われると、ちょっと違いますが」木場が苦笑した。「まあそういうことになりますかな」

「あんた、組合長だろう」

「はい」

「相談とかはなかったのか」

「ございました。主だった店主の方々がこの店に来られて、御前様の提案をどう受けとめたらいいのかと」

「あんた、やけに落ち着いてるな」

「そうでしょうか」

おれはコーヒーをひと口飲んだ。

「無茶だよ、木場さん。こんなこと、できるはずがない」

「御前様がおっしゃったのでございますよ」

「確かに言った」おれはうなずいた。「言ったが、本気じゃなかった」

「とおっしゃいますと」

「できるはずがないことをおれは知っていた」

「そうですなあ」

「そうですなあじゃないぞ、おい」

木場が苦笑を浮かべた。

「まあ、常識的に考えれば無理でございましょう」

「じゃあ何であんたは反対しなかった？」

「組合員の皆様の意志が固かったからでございます」

「意志？」

はい、と木場がうなずいた。

「御前様、前にも申し上げましたが、この商店街は死んでおります」

「聞いたよ」

「死人を生き返らせるのは確かに難しゅうございますな。よほどのショックを与えなければ無理でしょう」

「おれもそう思う」

「そのためには百円均一商店街に生まれ変わるしかないというのが、組合員の皆様の意見でした」

しかしなあ、とおれは腕を組んだ。

「できることとできないことがあるだろう」

「まず最初は商店街の中にある四軒の喫茶店でした」木場が口を開いた。「すべての店が、コーヒー一杯百円に値下げしたいと申し出てきました」

「そうなのか」

「はい。もちろん、それに反対する資格はわたくしにはありません。組合員が自分の店をどう経営していくかは本人の判断に任されております。うちの店が百円コーヒーにしてから昔のようなにぎわいを取り戻したことは、もう既に誰もが知っておりました。四軒の喫茶店の判断は、自分たちの店も百円コーヒーの店にしようということでした」

ああそれはわかる。コーヒーの値段など店の裁量次第だ。原価を落とそうと思えば、いくらでも落とせる。百円コーヒーの店になることは、決して難しくないはずだった。

「続いては食料品関係の店でした」木場が話を続けた。「肉屋、魚屋、八百屋、果物屋などでございますな。これらの店が、百円均一の品物を並べたいと申し出てきました」

「そんなことできるのか」

「さあ、わたくしにはわかりません。しかし、店側がそう言うのを拒否することはできないでしょう。別に組合長といっても何か権限があるわけではございません。店の自主性に任せるというのが組合のあり方です。やってみたらどうですか、というのがわたくしの答えでした」

「無責任だな」

「組合なんて、そんなものでございますよ」

木場が笑った。おれは腕を解《ほど》いた。

「それからどうなった」

「あとは流れるままでございますよ。雑貨関係を扱っている多くの店が、百円均一に参加したいと申し出てきました。レストランやそば屋などのお店も同じことを言ってきました。わたくしの答えは変わりありません。すべてご自分の判断でどうぞ、ということです」

「無茶だなあ」

「そうでございましょうか」木場が首を傾げた。「むしろ、皆さん非常に乗り気だったと思います」

コーヒーのお代わりはいかがいたしましょう、と木場が言った。おれのコーヒーカップはいつの間にか空になっていた。もう一杯頼む、とおれは言った。

「それからどうなった」

「噂というものは広まるのが早《はよ》うございます」木場がおれの前にコーヒーを出した。「多くの店が百円均一店に変わることを聞いたその他の店主の皆さんが、うちもうちもと言ってきました。もちろん否応《いやおう》はありません。最後に電器屋が来て、うちも百円均一にすると言ったのにはさすがに驚かされましたが」

「電器屋は正気なのか」おれは聞いた。「何でも百円ってことは、テレビもエアコンも百円ってことだぞ」

「さようでございますなあ」

木場がのんびりした口調で答えた。緊迫感のない顔つきだった。

「驚いたな」おれは大きく息を吐いた。「まさかそんなことをするなんて」

「御前様がおっしゃったことでございますよ」

木場が言った。確かにおれが言ったことだ。しかし、まさかなあ。本気にするとは思わなかった。

「いったいどうなるんだろう」

さあ、と木場が肩をすくめた。

「まあ、大変なことが起こるでしょうな」

そういうことなのだろう。おれは黙ってコーヒーをひと口すすった。

5

それは九時半に起きた。

木場の店の中に溜まっていた老人たちが一斉に立ち上がり、金を支払ったのだ。一人残らずだ。

「どうしたんだ」

おれは木場に聞いた。

「商店街が店を開けるのは十時でございます」木場がレジを女房に任せておれのところにやってきた。「皆、それぞれお目当ての店があるのでしょう」

「例えば、電器屋に？」

「そうです」

「並ぶのか」

「その通りですな」

老人たちが出ていった。店の中はがらんとしていた。

「様子を見てくる」おれは立ち上がった。「金はここに置くぞ」

「毎度ありがとうございます」

木場が頭を下げた。おれは店の外に出ていった。

一歩外へ出てわかったのは、商店街に人が溢《あふ》れていることだった。そのほとんどが老人と中年のオバサンたちだ。

（信じられん）

昨日まで、あれほど閑散としていた通りは人でいっぱいだった。どこから湧いて出てきたのだろう。商店街を人が埋め尽くしていた。

(まるでパチンコ屋の新装開店だ)

おれの率直な感想はそれだった。とにかく、どの店にも客が並んでいる。ひとつ間違えば暴動が起きそうだ。人々は皆、殺気だっていた。

おれは電器屋に向かって歩き出した。驚くべきことに、電器屋の店先には百人以上の人が並んでいた。

「ちょっと……ちょっとごめんよ」

おれは坊主特権を生かして、列の先頭に出た。シャッターは既に開いていた。

「よう」

おれは声をかけた。店の奥から電器屋が出てきた。

「あ、これはこれは御前様」

電器屋が深々と頭を下げた。そんなことはいい、とおれは言った。

「どうなってるんだ」

「どうもこうも」電器屋が腕時計を見た。「あと十分で開店の時間でございます」

「あんた、本気なのか。本気で全商品を百円で売るつもりなのか」

「さようでございます」

「そんなことしたら大赤字だぞ」

わかっております、と電器屋がうなずいた。

「ですが、もうこの店を閉めて五年が経ちます。店にあるものは、すべて中古品となってしまいました。百円でも売ってしまいたいと思っております」

「しかしなあ……」

「何、工事費や配送料は別に取ります。量販店よりは少し高めですが、それで何とか」

「何ともならんだろう」

そうですなあ、と電器屋が他人事のように言った。

「何ともならないかもしれません」

「そりゃそうだろう」

ですが、と電器屋が顔を上げた。

「もう飽き飽きしていたのです」

「何がだ」

「店を閉めて五年。生きているのか、死んでいるのかわからないような時間を過ごしてまいりました。ただぼんやりしていただけの五年です。御前様にはおわかりにならないかもしれませんが、そんなふうに暮らしていると、自分の人生が無意味に思えてくるのです」

「そういうもんかね」

「そういうものです」

「まあ、あんたが自分の判断でやるというのなら、おれに止める権利はないが……」

「そうです。御前様とは何の関わりもございません。これはわたしがわたしの判断と意志で始めたことなのです」

「それにしてもなあ……」

おれは店内を見回した。どの商品にも〝百円〟と赤い札が貼ってある。冷蔵庫、テレビ、電子レンジ、エアコンなどの大きなものから、小さなものでは電池にまでその赤い札は貼られていた。

「ここだけの話ですが、テレビは使えないのです」電器屋がおれの耳元でささやいた。

「地デジに対応しておりませんので」

「そりゃ不良品じゃないか」

「モニターとしては使えます」

他の商品はどうなんだ、とおれは聞いた。まあ、似たりよったりでございますなという答えが返ってきた。

「何しろ仕入れたのは五年前でございます。最新機種は何ひとつありません」

「無茶苦茶だ」

「何しろ百円でございますから」

電器屋が苦笑した。その時、時計のアラームが鳴った。

「御前様、十時でございます」

うむ、とうなずいておれは一歩後ろに下がった。いらっしゃいませ、と電器屋が声を張り上げた。並んでいた客の列から、おお、というどよめきが上がった。

「開店時間でございます。どうぞ店に入って、品物をご覧ください」

百人以上の人々が勢いよく店に入ってきた。米騒動を思わせる何かがあった。暴動だ。冷蔵庫にしがみついている老人がいた。テレビを抱え込んで離さない客もいる。DVDプレーヤーの上に座っている客もいた。

「全品百円、全品百円でございます」

電器屋が叫んだ。百円、という言葉の響きに、客がどよめいた。まるで嵐のような光景だった。

とんでもないことになった、とおれは頭を抱えた。

Part10　再会

1

一カ月が経った。

商店街は、相変わらず百円均一商店街のままだった。信じ難いことだが、店の経営者たちは百円均一でそれぞれの商品を売っていた。

喫茶店やパン屋、総菜店などが商品を百円にするのはまだわかる。木場の店がそうであったように、企業努力で百円の商品を売ることも可能だろう。

肉屋、魚屋、八百屋などもそうだ。彼らは仕入れた商品を小分けにして売っていた。

例えば、おれの見たもので言えば、肉屋は牛肉を十グラム単位で売っていた。何だ十グラムって。そんなもの売り物になるのか。

だが、どうやら商売にはなるらしい。ほんのちょっとだけ肉や魚が欲しいという客もいるのだろう。そしてそれは、コンビニでもジャストモールでもやっていない売り方だった。だからそれはわかる。八百屋がキャベツを半分にして百円で売っていたように、頑張れば何とかなるものらしい。

おれがわからないのは、単価の高い商品を売っている店だった。例えばそれは電器屋だったり着物屋だったりだ。

彼らの取り扱っている商品には、十万円のものなどざらにある。それを百円で売って利益など出るはずがない。

おれはそう思っていたのだが、実際にはそうでもないようだった。というのも、電器屋にしても着物屋にしても、営業を停止してから少なくとも五年以上が経っていた。

つまり、店にあるのは型落ちで、しかも不良在庫ということになる。そんなもの、いくらあったところで死蔵品だ。だったら百円でも売っ払ってしまった方が得になる、というのが彼らの考え方だった。

それだけではない。電器屋は、エアコンを、冷蔵庫を、電子レンジを百円で売った後、取付費を取った。

それは百円ではない。数千円から一万円ぐらいの金額を取る。これが商売になるらしい。

そして、それと同時に電器屋は百円サービスというものを始めた。

例えば切れた電球を取り替える。例えばＤＶＤプレーヤーの配線をする。その他、電器関係で何か困ったことがあった場合、電器屋に電話すれば、何でも百円でやってくれる。そんなサービスだ。

大前泊という町は、首都圏のベッドタウンだが、老人も多かった。一人暮らし、あるいは老夫婦だけでひっそりと暮らしている老人は少なくない。電器屋が始めたのは、そんな老人向けのサービスだった。

これは電器屋も予想していなかったことだが、百円サービスに対する人々の反応はまずまずだった。暮らしていれば、家具の配置などに不満が出てくる場合がある。ベッドの位置をちょっとずらしたい。テレビの位置を変えたい。

生きていればいろんなことがある。その要望が皆電器屋に集まった。電器屋は電器屋ではなくなっていた。一種の便利屋として使われるようになったのだ。

着物屋は着物屋で考えた。着物というのは決して安くない。十万、二十万する商品もざらだ。それを百円で売るというのだから、当然大損害ということになる。

ただ、着物というのは買ってそれで終わりというわけではない。どうやって着るのか、という商品だ。年寄りならともかく、普通の客で自分で着物を着ることができる者など皆無に等しい。

そこで、着物屋は着付け教室を開くことにした。十分百円、一時間のコースを十回だ。場所は着物屋の二階があてられた。

当初の予想を上回り、大勢の客が着物屋を訪れた。だいたい彼ら彼女らは着物などそれほど欲しくはなかったのだ。それが百円という値段に釣られて、ついつい買ってしまった。買ったはいいが、着なければそれこそタンスの肥やしだ。着るためには着方を習わなければならない。そして、それを教えられるのは着物屋以外にいなかった。

いや、探せば着付け教室はあっただろう。ニーズがある以上、それに応えるのが社会というものだ。

だが、着物屋の着付け教室は安かった。十分百円、一時間でも六百円だ。これほど安く着物の着付けを教えてくれる教室は、日本中探してもどこにもないに違いない。

客が殺到した。着物屋もそうたくさんの人に教えることはできない。一日十人までと限定した。

そんなふうにして店は回っていた。どうやら百円という単価には、魔力があるようだった。

2

そんなある朝、寺の門が叩かれた。早朝六時のことだった。いったい誰だろう。こんな朝早くに。

おれが表に出てみると、そこに木場が立っていた。いつになく興奮している表情だった。

「どうした、こんな朝から」

「御前様、大変なことが起きました」

まあ上がれよ、とおれは言った。木場が顔を真っ赤にしながら寺の中へ入ってきた。

「あんた、店は大丈夫なのかい」

おれは聞いた。最近、あまりに客が多いので、店を午前六時から開けているということは聞いていた。

店どころではございません、と木場がぶんぶん手を振った。座りもしない。まあ落ち着けよ、とおれは言った。

「お茶でも飲むかい」

「いただきます」

案外素直に木場がおれの言うことを聞いた。湯呑みを持っていくと、木場がひと口で飲み干した。熱いだろうに。

「いったいどうしたんだ」

「大変でございます」木場が繰り返した。「大変なことになってしまいました」

「だから、どうしたっていうんだ」

「テレビの取材が入りました」

「何だって？」

テレビでございます、と言った木場が、抱えていたクリアファイルを差し出した。中には企画書と書かれたA4サイズの紙が挟まっていた。おれはそのクリアファイルを受け取り、企画書に目を通した。

「〝シャッター商店街の逆襲！　百円均一商店街への挑戦〟……なんだこりゃ」

「夕方のニュース番組でございます。しかも全国ネットの」

「何でそんなことになったんだ」

「噂でございますよ」木場が声を潜めた。「わたくしどもが百円均一商店街に生まれ変わったのを、テレビ局が嗅《か》ぎつけたのでございます」

「別に悪いことをしてるんじゃないんだから、嗅ぎつけたってことはないだろう」

「それはそうでございますが」木場が小さく咳をした。「とにかく、夕方のニュースで特集が組まれることになったのでございます」

「へえ」おれは驚いた。「テレビってのは凄いな」

「はい。長くこの商店街におりますが、こんなことは初めてでございます」

おれは木場の湯呑みにお茶を入れてやった。

「どうするつもりなんだ」

「それを相談しに来たのでございます。御前様、いったいこれはどうしたものでございましょう」

そうだなあ、とおれは腕を組んだ。

「まあ……悪い話じゃないんじゃないかな」

テレビでここの商店街のことが流されれば、それを見てやってくる客もいるだろう。テレビのネタになるぐらいだから、百円均一商店街というのは珍しいものに違いない。珍奇なものに寄ってくるのは世の常だ。

「何か損することはあるかね」

「さて、どうでしょう」木場が首をひねった。「別にこれといって、問題になるような話ではないと思いますが」

「宣伝にはなるな」

「さようでございます」

「もっと客が来るようになるかもしれない」

はい、と木場がお茶をすすった。だったらいいんじゃないか、とおれは言った。

「迷うことはない。取材とやらを受けてみてはどうかね」

「御前様もそう思われますか」

木場が晴れやかな顔になった。ほっとしたようだった。

「では、店に帰ってそのように返事をいたします」

「まだ朝の六時だぞ。テレビ業界は朝が遅いと聞く。午後になってから電話してみたらどうだ」

「何、善は急げと申します。老人の朝が早いことぐらい、担当の方はわかっておられるでしょう」

好きにしろよ、とおれは言った。

「あとで店の方に顔を出すよ。その時、どうなったか教えてくれ」

「もちろんでございます」

にっこり笑った木場が寺を出て行った。やれやれ、朝から大変なことだ。

おれは二度寝をするために、もう一度布団に潜り込んだ。

3

テレビ局は素早かった。

取材を申し込んできたのはテレビジャパンといって、民放のキー局だ。そこの報道局生活情報部から大林《おおばやし》というディレクターが翌週さっそくやってきた。予備取材ということらしい。

おれは木場に呼び出され、大林ディレクターを案内するメンバーの一人となった。何でおれがと思ったのだが、もともと百円均一商店街に生まれ変われとおっしゃったのは御前様でございますからと言われると、断るわけにはいかなかった。

商店街をうろつき回った大林ディレクターは、本当に何でも百円なんですねえ、と感心したように言った。大林は背こそ低かったが、どことなく愛嬌のある三十代前半の男だった。

「本取材は来週の水曜日になります」大林が言った。「放送はその翌々日、金曜日のだいたい夜六時十五分ぐらいからです」

「ずいぶん急ですな」

木場が言った。情報は鮮度が命でして、と大林が笑った。

「新しい情報をなるべく早くお茶の間に届けるのが、ぼくたちの仕事なんです」

それはその通りだろう。しかし、テレビ局というのも大変だ。

「いやあ、仕事ですから」大林は笑みを絶やさなかった。「まあ、万事お任せください。悪いようにはしませんから」

おれたちとしても、万事お任せするしかなかった。何しろテレビの取材などというものは、誰にとっても初めての体験だ。

何をどうしていいのかわからない。大林の指示に従うしかなかった。

そして時間はあっという間に過ぎ去り、取材当日となった。テレビジャパンからは十名ほどのテレビクルーと、女性レポーターが一人やってきた。なかなか大掛かりなものだと思った。

木場がレポーターを案内していく。レポーターは坂田《さかた》といって、二十代後半の女性だった。

各店を訪れては、これも百円ですかあ？　と大げさに騒ぎたてる。百円ですよ、と店の者が応対する。

何しろどこの店に行っても、売ってる商品はすべて百円なのだ。レポーターでなくても感心するだろう。

結局、テレビクルーは六時間ほどカメラを回した。二十分ほどのコーナーと聞いていたが、案外長く録《と》るものだ。

最後は木場の店にみんなで行き、そこで百円コーヒーを飲んで終わった。百円とは思えない本格的な深みのある味ですね、と坂田レポーターは言ったが、正直言ってそれは嘘だ。木場の店ではインスタントコーヒーしか出していない。味が深いもへったくれもなかった。

とにかく、そんなふうにして取材は終わった。後は明後日になるという放映日を待つだけだ。

「いったいどういうことになりますやら」

木場が言った。そんなに心配するな、とおれはその肩を叩いた。

「テレビ局の人たちも、みんないい人ばかりだったじゃないか」

「それはその通りでございますが……何となく不安で」

「何でだ」

「この商店街のありのままの姿を流してくれればいいのですが、変なふうに誤解されると困ります」

「誤解も何も、百円商店街は百円商店街だ。それ以外のものではない」

深く考えるな、とおれは言った。木場がうなずいた。

4

翌日の夜。

おれは商店街の入り口にあるコンビニの前にいた。理由があった。そこには公衆電話があったのだ。

おれは賽銭箱の中から百円玉を十枚ほど集めて、電話ボックスの中に入った。テレビの取材はきっかけだとおれは思った。

もうこの町に来てひと月半ほどが経つ。勘違いから始まったおれのニセ坊主生活だったが、町の連中はおれが本物の坊主だと思い込んでいるようだった。

そしておれはここの暮らしに満足していた。何もない。ひたすら何もない。それこそがおれの求めるものだった。平和な暮らし。

もう大丈夫だ、とわかっていた。このまま、まったりとこの町で暮らし、老いさらばえて死んでいく。それが運命なのだ。

おれがこの町に来たのは偶然だ。別に選んで来たわけではない。借金取りの高杉に見つかるはずもなかった。

おれに関わっている暇があるなら、別の相手を捜しているだろう。おれを捜すのは不可能だった。

だから電話をする気になった。妻に。

おれはこれだけは暗記していた十一桁の番号を押した。しばらく待っていると、呼出音が二回鳴ったところで相手が出た。

「……もしもし?」

「美津子か」

「あなた」

久しぶりに聞く女房の声だった。元気か、おれは聞いた。うん、と返事があった。

「今、どうしてる」

「あなたに言われた通り、実家に帰ったわ」

「幸治は？」

おれは息子の名前を言った。元気よ、と美津子が答えた。

「あなたはどうなの？　元気なの？　どこにいるの？　何をしてるの？」

質問の嵐が襲ってきた。元気だ、とおれは答えた。

「無事に生きているよ」

「……あの男は？」

あの男というのは高杉のことだ。心配するな、とおれは言った。

「あいつに見つかるような場所にはいない」

高杉の取り立ては、執拗《しつよう》で遠慮会釈のないものだった。おれの行く場所にはどこにでも現れる。もちろん家にもだ。

はっきり言って高杉は異常だった。おれたち親子は高杉が来ると家の中に隠れ、どうにかやり過ごそうとするのだが、高杉の粘りは驚異的だった。何時間でも扉を叩き続ける。まともではないものを感じた。

「ここまで来るのよ、あの男」

美津子が声を震わせた。美津子の実家は島根県にある。そこまで行くというのだから、高杉の異常性がわかるだろう。

「何度も聞かれたわ。あなたがどこにいるかって」

「何と答えた」

「知らないものは知らないって。本当に知らないんだから、他に答えようがないでしょ」

「奴は何て？」

「必ず見つけますよって。言葉は丁寧だけど、あの口調……気味が悪いったらありゃしない」

「わかるよ」

「偽装離婚なのはわかってるって。必ず捜し出して、内臓を売ってもらうって。あなただけじゃない。あたしも幸治もよ」

「そんなことはさせない」おれは言った。「お前たちに手は出させない」

確かに、偽装離婚なのは事実だった。おれと美津子の間には何の問題もない。おれたちは仲良く暮らしていた。

だが、借金は借金だ。安間が金を借りたのは、闇金の中でも最悪の男だった。

高杉は間違いなく、おれの内臓をもぎ取っていくだろう。それだけではない。妻の美津子、息子の幸治も同じ目に遭《あ》わせるはずだ。

だからおれは美津子と離婚した。書類上の問題ではあったが、とにかくそれでおれと美津子は関係なくなった。戸籍上は他人だ。

法律的に言えば、おれの借金と美津子は無縁になる。高杉もそう強引なことはできないはずだった。

「いいか、美津子。落ち着いて聞け。おれは今、群馬県の大前泊というところにいる」

「オオマエドマリ？」

おれは字を説明した。知らないわ、そんなとこ、と美津子が言った。そりゃそうだろう。おれだって知らなかった。

「そこでおれは坊主をやっている」

「坊主？」

「そうだ。坊主だ」

「どういうこと？」

「細かい説明は後だ。ややこしい話なんでな」

「……うん」

「とにかく、おれは大前泊の得利寺という寺で坊主をやっている。ここは高杉にも見つからない、安全な場所だ。美津子、来てくれ」

「……うん」

トクリジってどんな字、と美津子が聞いた。損得の得に利益の利だとおれは言った。

「今日はもう無理だろう。だが、明日の朝イチにそこを出れば、午後には着く。美津子、大前泊に来い。ここで一緒に暮らそう」

「わかったわ。とにかく、その大前泊というところに行って、得利寺とかいう寺に行けば、あなたに会えるのね」

「そういうことだ」

「明日行くわ」美津子がはっきりとした口調で言った。「必ず、明日行く」

「待ってるぞ。お義父《とう》さんとお義母《かあ》さんにもうまく説明しておけ。幸治も連れて来い」

「わかった」

「それじゃな。気をつけて来い。まさかとは思うが、高杉に尾行されないようにしろよ」

「わかってる」

「明日、会おう。切るぞ」

「ねえ、坊主ってどういうこと?」美津子が聞いた。「あなた、法事とかそういうこと苦手だったじゃない。それなのに坊主って」

「詳しいことは会った時話す。いいから、黙って言われた通りにしろ」

「……はい」

切るぞ、と言っておれは受話器を置いた。これでいいのだ、と改めて思った。

美津子と幸治もこの町に呼ぼう。戸籍はバラバラだが、それでもいい。一緒に暮らすのだ。ひっそりと静かに。

この町に溶け込んで、人生を終えよう。おれはゆっくりと歩いて寺に戻った。

5

次の日、おれは朝の六時に起きて、いつものように顔を洗い、新聞を広げて読んだ。

今日は確認しなければならないことがあった。いつもとは逆に、新聞のテレビ欄から先に読み始めた。

探しているものはすぐに見つかった。テレビジャパン、夕方のジャパンニュースという番組だ。そこに小さくその情報は載っていた。

〝百円均一商店街への挑戦〟

それだけだった。もちろん、テレビ欄にはスペースというものがある。だからそれしか載っていないのは当然で、おれは小さな満足感を覚えていた。

それから一面に戻り、順番に新聞を読んでいった。八時過ぎに日課は終わった。おれは新聞を読み切っていた。

(さて、と)

そうすると他にすることがない。今日の午後、美津子と幸治がやってくるはずだったが、何時になるのか正確なところはわからなかった。

待っているしかなかったが、寺にいても退屈だ。そこでおれは立ち上がり、木場の店に行くことにした。

木場の店に着いたのは八時半のことだった。いつものように既に店はオープンしていた。

「おはようございます。御前様」

木場がいつにも増してにこにこ顔でおれを迎えてくれた。おれは用意してあった丸椅子に座った。

「コーヒーでよろしゅうございますか」

「うん」

うなずくと、すぐにコーヒーが出てきた。

「新聞はご覧になりましたか」

見たよ、とおれは答えた。載ってましたな、と木場が微笑んだ。

「昨夜、テレビジャパンの大林ディレクターから電話がありました。予定通り、今日の夕方オンエアすると」

木場の口からオンエアなどという単語が飛び出してくるのは驚きだったが、まあそういうことなのだろう。今日の六時過ぎ、この商店街がニュース番組で取り上げられる。それは確実な話だった。

「いいことです」

木場が一人でうなずいた。よかったじゃないか、とおれは言った。

「この商店街は全国的に有名になる、客も来るだろう」

まったくでございますなあ、と木場が笑った。笑いが止まらないようだった。

「わたくしもこの歴史的な瞬間を皆でわかちあいたいと思い、こんなものまで用意いたしました」

木場がカウンターの端を指さした。そこには見慣れないものが置かれていた。テレビだ。

「店は営業中の時間でございますからね。お客さんもいらっしゃいます。ですが、番組を見逃すわけにはいきません。昨夜、電器屋さんに頼んで茶の間のテレビをここに移したのです」

相変わらず電器屋は便利に使われているようだった。百円でやってくれたのか、とおれは尋ねた。もちろんでございますよ、と木場がうなずいた。

「何しろ百円均一商店街でございますから」

おれは店内を見回した。いつものように老人で一杯だった。

「どうかね、木場さん、景気の方は」

「儲かりませんなあ」木場がまた笑った。「これだけお客様が入っているのに、利益はちっともでません」

「そうかい」

「朝六時から夜十時まで目一杯働いて、ようやくぼちぼちといったところです」

しかし、それでもいいのです、と木場が言った。どういう意味だ、とおれは聞いた。

「前のことを思えば、これで十分でございます」木場が語り出した。「百円コーヒー屋になる前は、お客様は来てもせいぜい一日四、五人。毎日暇を持て余し、一日でも早くポックリ逝くことしか考えられませんでした」

「うん」

「ですが、百円コーヒーにしてからは、このにぎわいっぷり。決してうまくないコーヒーですが、お客様は喜んでくれています。御前様、妙なことを言うようですが、わたくしはこの歳になって初めて、働くということの意味を知りました」

「意味？」

「人間は、誰もが誰かのために役に立ちたいと思っているのでございます」木場が言った。

「たとえどれだけ儲かろうとも、他人が喜んでくれなければ意味はありません。お客様が笑顔になるような仕事がしたいのです」

何だか哲学的なことを言い出した。テレビの取材が入るということは、こんなにも大きな影響を与えるのか。

「わたくしはこの歳になるまで、一番大事なことを見逃して参りました。気づかせてくれたのは御前様でございます」

木場が深々と頭を下げた。よせよ、とおれは手を振った。

「おれは何もしちゃいない」

「とんでもございません、御前様。御前様のアドバイスがなければ、この商店街は死んだままでございましたでしょう。御前様あっての百円均一商店街でございます」

そうなのだろうか。おれが百円均一商店街に生まれ変われと言ったのは単なる思いつきだ。そんなことできるはずがないと思いながら、口から出まかせにそう言った。

そして商店街はおれの口車に乗った。全店百円均一という、信じられない暴挙に出たのだ。

たぶん、各店の主人は、どうでもいいと思っていたのだろう。ここは完全なシャッター商店街だ。

店を開けていても開けていなくても客は来ない。それが実情だった。

みんな、それが嫌だったのだ。生きているのか死んでいるのかわからないような日々が何年も続き、ポックリ死んでいくのが唯一の望みだったところに、おれの提案があった。

どうせ死ぬなら、跡をきれいにしよう。みんなそう考えたのかもしれない。

百円均一で在庫処分ができるなら、それに越したことはない。そういうことなのかもしれなかった。

商店街が百円均一商店街になってから、ひと月が経つ。おれは毎日商店街を歩いていたが、人の流れは劇的に変わっていた。

商店街の中をあふれんばかりの人が歩いている。両手に大きな荷物を持ち、みんな笑顔だった。

木場が喜んでいるのは、そういうところなのだ。昔のようなにぎわいを取り戻した商店街。客のためにある店。それが蘇《よみがえ》ったことが、嬉しいのだ。

そう考えると、おれのホラもまんざら嘘ではなかったことになる。よかったじゃないか、と木場の肩を叩いた。

「はい。何もかも御前様のおかげでございます」

「そんなことはない。みんなの力だ」

木場はそれからおれにテレビの話をした。番組は木場組合長を中心に構成されていると聞いていた。

いったいどんなものなのだろうか。おれたちはいつまでも話を続けた。

6

木場の店に昼までいて、それからそば屋へ行った。昼食を取るためだ。

もちろん、そば屋も百円だった。ただし、営業の形態が普通とちょっと違う。

前はかけそば一杯五百円だったという。それを、量は五分の一に変えて、ひと口百円としたのだ。

これはかけそばだけでなく、ほかのそばも同じだ。量を少なくして、値段を安くする。それがかけそば屋の考えた営業方針だった。

そば屋によれば、このやり方は女性に好評だという。前は、ちょっと食べたいけど一人前は重いという女性客が多く、それがネックだった。

このやり方にしてからは、ちょっとひと口食べたいという客に対して、ちょうどいい分量を食べてもらうことができるようになった。みんないろいろ考えるものだ。

おれもちょっとだけ食べたかったので、店に入って三口と注文した。すぐにそばが出てきた。

そばつゆはしっかりダシを取っている。本格派の味だ。決してまずくない。

おれはそばを食い、三百円払って店を出た。とりあえず寺に戻ることにした。美津子たちが何時に来るかわからなかったからだ。

来ても、おれがいないのでは心細いだろう。おれは寺に戻り、ぼんやりと時が過ぎるのを待った。

待っているうちに寝てしまったらしい。玄関の扉を叩く音で目を覚ました。時計を見ると五時を回っていた。

「はいはい」

誰ですか、と言いながら、おれには予感があった。そして、その予感は当たっていた。扉を開くと、美津子と幸治が立っていた。

「あなた」

「お父さん」

おれたちは抱き合った。美津子が泣いている。いいから上がれ、とおれは言った。

「あなた……いったいどうなってるの。そんなもの着て」

美津子がおれの着ていた袈裟を指さした。幸治も不思議そうな目で見ている。まあとにかく座れ、とおれはその辺りを指した。

「腹は減ってないか」

ううん、と幸治が首を振った。途中、弁当を食べてきたから、と美津子が言った。

「何か飲むか。とりあえずお茶しかないが」

うん、と美津子がうなずいた。おれは台所に行き、ヤカンで湯を沸かし始めた。

「遠かったろう。島根からここまでは」

「大前泊なんて知らなかったから」美津子の声が聞こえた。「昨夜《ゆうべ》ネットで検索したの。まあ時間のかかること」

疲れた声だった。おれはお湯が沸くのを待って、お茶を淹れた。

「まあ二人とも座れ。お茶でも飲め」

二人がおとなしくおれの言葉に従った。親子三人でお茶を飲む時が来るとは思っていなかったので、おれは感無量だった。

「……元気だったのか」

「元気よ。あなたは？」

「見ての通りだ。なんとかやってる」

「どういうことなの？」美津子が言った。「この寺は何なの？　あなたはどうしてここにいるの？　どうやって暮らしているの？　なんであなたがお坊さんなの？」

そこでおれは説明をした。逃げる途中、偶然この町に着いたこと。雨の中、雨やどりをするつもりでこの寺に来たこと。そして坊主と勘違いされたこと。それに乗っかって坊主のふりをしてきたこと。

「そんな無茶な」

美津子が驚いたように叫んだ。無茶だが本当だ、とおれは答えた。

「飯はここの商店街の連中が何やかんや差し入れてくれる。一人では余るほどの量だ」

「……確かに、あなた太ったわね」

美津子が笑った。その通りだった。食っては寝てを繰り返しているから、おれの体重は明らかに増えていた。

「じゃあ、この町の人たちはあなたのことを本当のお坊さんだと思っているということ?」

「そうだな」

「そんな……」

「無理でも無茶でも、それが事実なんだ」

お金はどうしてるの、と幸治が突然言った。幸治も小学校五年生だ。お金のことが気になる年頃だろう。

「金はない」おれは両手を広げた。「それでも何とかなる。ここはそういう町だ」

「変なの」

幸治が笑った。本当は賽銭箱から金をパクっているのだが、それは秘密にしておいた。教育上の理由だ。

「こうしちゃおれん」おれは時計を見た。「行かなきゃいかん場所がある」

「どこへ行くの」

「喫茶店だ」おれは立ち上がった。「お前たちも一緒に来い」

「話が急過ぎてついていけないわ」

そう言いながらも美津子と幸治が立ち上がって、おれの後についてきた。

おれは寺を出て、商店街の方に進んでいった。道々、テレビの取材が入ったと話した。

「どうしてそんなことに？」

あとで説明する、とおれは言った。木場の店に着いて中に入ると、御前様がお見えだ、と拍手が起こった。店は客で一杯だった。

「御前様、お連れの方は」

「女房と子供だ」おれは木場に言った。「今まで、ちょっと事情があって別々に暮らしていたが、これからは一緒に住む」

さようでございますか、と木場が笑った。組合長の木場さんだ、とおれは美津子と幸治を紹介した。

「番組が始まるぞ」

客の一人が言った。おれたちは用意されていた椅子に座り、テレビ画面を見つめた。

テーマソングが流れ、男と女のキャスターが頭を下げた。また拍手が起きた。

「何なの、これ」

美津子が頭を上げた。黙って見てろ、とおれは言った。

何がなんだか、と美津子が肩をすくめた。いいから、とおれは二人の肩を抱いて、テレビに視線を注いだ。

Part 11　終わりの始まり、始まりの終わり

1

テレビの影響は絶大だった。

オンエア翌日が土曜日ということもあったのだが、その日、百円均一商店街はまるで満員電車のようになっていた。人が多過ぎて歩くこともできないのだ。

大前泊だけではなく、近隣の町からも人が来ているのは明らかだった。みんなテレビを見たのだ。そして、近くに百円均一商店街があることを知り、押し寄せてきたのだった。

おれは木場の店に朝からいて、つぶさにその様子を見守っていたのだが、まあとにかく凄かった。まともではなかった。どうやら警察も出てきているようだった。

「テレビというのは凄いものでございますな」

カウンターから木場が声をかけてきた。うむ、とおれはうなずいた。

「今までだって客は少なかった。だが、これほどとはな」

「取材を受けて、ようございました」

そういうことになるだろう。この人の波は尋常ではなかった。番組があったから、こんなことになっているのだ。

「百円という単価は、魔法のようですな」木場が言った。「別に、珍しいものを売っているわけでもないのに、百円という言葉だけで人が吸い寄せられてきます」

「まあ、安いに越したことはないからな」

おれは辺りを見ながら言った。この人の群れの中には、わざわざ電車賃をかけてここまで来た者も大勢いるだろう。

冷静になって考えてみれば、近所にも同じような安売りの店があるだろうに、わざわざこの商店街に来ている。木場の言う通り、百円という単語には魔力が宿っているらしかった。

「いつまでこんなことが続くのでございましょうか」

さあな、とおれは首をひねった。

「そいつは商店街の努力次第だろう。ここに来れば面白いと思わせることができれば、ずっと続くかもしれない」

「続けばよいのですが」木場が口に手を当てた。「何しろ、百円均一商店街は薄利多売が生命線でございます。ひとつひとつの商品からは利益はでません。大勢の客が買ってくれてこそ、商売が成り立つのでございます」

「あんたの店と同じようにか」

「さようでございます」

木場が笑った。店の前には荷物を持った人たちが並んでいる。買い物をして、少し休んでいこうという客たちだった。

「聞いたところでは、他の喫茶店も似たような状態だとか」木場が声を低くした。「どこも客であふれ返っているようです」

「そりゃ、この人混みの中を歩いたら疲れるだろう。ちょっとお茶でも、というのは人情だ」

「ありがたいことでございますが、それを迎えるだけの備えがございません」

「もっと客が流れるようにしないといかんな……どうだい、木場さん。客の滞在時間をもっと短くしては」

「どういうことでございますか」

「今、あんたの店は一時間以上座ってたらコーヒーをお代わりしなくちゃいけないことになっているだろ。それを三十分にしてみては」

「ずいぶん短いですな」

「マクドナルドだってそんなもんだ」

「当店は喫茶店でございます。ファストフード店ではありません」

「しかし、そうでもしなけりゃ新しい客は入ってこないぞ」

そうでございますなあ、と木場がため息をついた。

「そろそろ考えなければならないかもしれません」

「ちょっとひと休み、という客も多いはずだ。三十分でも長過ぎるかもしれない」

「考えてみます」木場が言った。「確かに、おっしゃる通りかもしれませんな」

「コーヒー一杯で長居しているおれが言うことじゃないかもしれないけどな」

何をおっしゃいます、と木場が大きく首を振った。

「御前様は特別でございます」それはそうと、と木場が話題を変えた。「奥様とお子様はどちらに？」

「今朝、実家に帰らせた」おれは答えた。「いったん家に戻って、必要な物をまとめてくる」

「御前様に奥様とお子様がいらっしゃったとは意外でしたが、まあ考えてみればそれも当然でございますな。先代の御前様も奥様がいらっしゃいました」

「あの寺で一緒に住んでいたのかい？」

「さようでございます。先代が亡くなられて、奥様は大阪のご実家に帰られたと聞きましたが」

「おれたちは帰らない。この町で暮らす」

おれは宣言した。ぜひそうしてください、と木場が言った。

「この商店街を生まれ変わらせてくれたのは御前様でございます。ご恩は一生忘れません」

「まだわからんよ。百円均一商店街がうまくいくかどうかは、あんたたちの努力による」

わかっております、と言った木場がコーヒーのお代わりはいかがですかと勧めてきた。もらおう、とおれは空になったカップを差し出した。

2

翌日の日曜日も大にぎわいだった。通りは客であふれ、息もできないようなありさまだった。

月曜日になると、さすがに落ち着いてきたものの、それでも人の往来は激しかった。何でも百円で買える町というキャッチフレーズは、思いのほか浸透しているようだった。

おれは通りを歩き、それぞれの店に顔を出した。誰もが喜んでいた。働くことがいかに重要かをおれは改めて知った。

人間というのは不思議な生き物だ。誰もが仕事は疲れると言い、働かなくて済むのなら仕事などしたくないと言う。

だがそれは建前だ。本音では働きたい。他人のためになる仕事がしたいと思っているのだ。矛盾しているようだが、それは真実だった。人は働くために休むし、休むために働いている。

そして、どうせ働くのなら誰かのためになる労働をしたいと願っている。そういうことなのだ。

火曜、おれは女房に電話した。美津子はこちらへ来る準備をしているところだった。

「学校のことが難しいのよ」美津子が言った。「どうやって転校させるか、それが問題だわ」

「高杉に気づかれたら、何にもならないからな」

わかってはいたが、おれにもどうしろという知恵はなかった。万が一、高杉がニセ坊主となってこの町で暮らしているおれのことを知れば、何を捨ててでも追っかけてくるだろう。

また逃げ出さなければならなくなる。同じことの繰り返しは避けたかった。

「まあ、何とかやってみるけど」

「頑張ってくれ」

おれはそう言って電話を切った。もろもろの手続きなどを合わせると、美津子たちがこの町へやってくるには数週間ほどかかりそうだということだった。

それならそれでいい。待つだけだ。家族三人でこの町で暮らす。それがおれの夢だった。

電話をした帰りに、木場の店に寄った。他の喫茶店にも一応行ったことはあるのだが、木場の店が一番おれに合っているというのが結論だった。

古めかしい店だが、そこがいい。ある意味世捨て人のようになっているおれにとって、ぴったりの店だった。

「ごめんよ」

店の前には老人を中心として、十人ほどの客が並んでいた。この町の住人なのか、それともどこかよそから来たのかはわからない。おれはいつものように坊主特権で勝手に店の中に入った。

「ああ、御前様」

いらっしゃいませ、と木場が言った。店の中は満員だった。皆、買い物帰りの客のようだった。

「いつもすまんな」

とんでもございません、と木場がカウンターの端に丸椅子を出してくれた。コーヒーを、とおれは注文した。

「すぐに」

木場が沸いていたお湯でインスタントコーヒーを作ってくれた。別にうまくはないが、木場の店で飲むと落ち着くものがあった。

「御前様、昨日のお話でございますが」

「昨日の話？」

「客が店にいる時間を短くするというあの話でございます」

「おお、どうした」

「決めました。一人一品三十分。それがこの店のルールでございます」

「なるほど」

「調べたのですが、ドトールなどの平均は、一人十五分ほどとか」

「そんなものだろうな」

「ファストフード店も同じぐらいと聞きました」

「別に長居したいわけじゃないからな」

「さようでございます。うちの店もそれにならって、一人三十分と決めました。それなら並んでいるお客様をお待たせすることもございません」

「そしてあんたは今までの倍、儲かるというわけだ」

「そううまくいけばよろしいのですが」

おれたちは顔を見合わせて笑った。何だか悪代官と商人のようだった。

おれたちはいつまでも笑い続けた。何も問題はなかった。ないように見えた。この時まては。

3

水曜日、早朝五時。

おれは戸を叩く音で目を覚ました。何なんだ、こんな時間に。

出ていこうとしたおれの足が勝手に止まった。その叩き方には覚えがあった。

「笠井さん」声がした。「笠井さん」

おれは自分の耳を疑った。低くてよく通る声。死人が喋ればそんなふうになるだろうという声。

(高杉)

闇金の高杉の声だった。なぜだ、なぜおれがここにいるとわかった。

「笠井さん。いるのはわかってるんですよ」

高杉。なぜだ。美津子か。美津子が動いたことを察して、おれの居場所を知ったのか。

(いや、待て)

高杉が島根にある美津子の実家まで行ったという話は聞いていた。だが美津子はおれの居場所を知らないと言った。

高杉ほどの男がそれを聞いて、ああそうですかと簡単に信じるわけがない。美津子が本当におれの居場所を知らないのかどうか、高杉は調べたはずだった。

実際、美津子は知らなかった。本当に知らなかった。だから、何も隠す必要はなかった。それを知って、高杉は諦めたのだ。

その後、おれは美津子をこの町に呼んだ。美津子だって馬鹿じゃない。尾行のことは十分考えただろう。気をつけていたはずだ。

そして高杉も、島根にいる美津子のことを四六時中監視しているわけにはいかなかっただろう。

(美津子ではない)

直感的にそう思った。高杉は美津子の線からおれを見つけたのではない。

だが高杉はこの寺の前にいる。戸を叩き続けている。なぜだ。どうやって知った。

「笠井さん、出てきてくださいよ」

高杉が言った。おれは布団をひっかぶった。高杉の声は続いている。

(どうする)

どうにもならない。こんなことをしていても何の解決にもならないのだ。

（逃げるしかない）

ターミネーターに追われたサラ・コナーの心境だった。抗することはできない。どうにもならないのだ。逃げる以外、道はない。

高杉が戸を叩き続けている。おれは布団をかなぐり捨てた。

（庭だ）

高杉は玄関にいる。おれは裸足《はだし》のまま庭へ回った。そこには誰もいなかった。

（逃げよう）

おれは庭から表に出た。背中から高杉の声が聞こえてくる。おれは走り出した。

4

おれは商店街を走った。誰もいなかった。静かで平和な朝だった。

後ろで靴音が聞こえたような気がしたのは、おれの錯覚だったのか。とにかくおれは逃げ場を求めていた。

そんなおれの目の前に、木場の店が現れた。

「木場さん、おれだ、いるか」

おれは喫茶店の扉を叩いた。すぐに扉が開いた。

「おや、御前様」木場が目の前にいた。「開店は六時でございますよ。もう少しお待ちください」

「中に入れてくれ」

「どうしました、そんなに慌てて」

「追われてるんだ」

「いいから、入れてくれ」

木場が後ろに下がった。おれは店の中に飛び込んで、後ろ手に扉を閉めた。

「いったいどうなさったんですか」

木場が聞いた。かくまってくれ、とおれは叫んだ。

「どうしたのですか、御前様」

「逃げているんだ」

「誰から？」

「借金取りだ」

「借金取り？」

「おれには借金がある」おれは言った。「一億ある。しかもまともな金じゃない。闇金の金だ」

木場がおれをじっと見つめた。何を言っているのだろうという顔をしていた。無理もない。おれだって、まさかこんなことになるとは思っていなかったのだ。

「夜まででいい。かくまってくれ。夜になったら出ていく。あんたに迷惑はかけない」

「説明していただけますか、御前様」木場が口を開いた。「いったいどういうことなのでございましょう」

「後で説明する。理由を話す。今はそれどころじゃない。奴が、高杉が追ってくる」

「高杉？」

「借金取りの名前だ」

「いったい御前様は、なぜそのような借金をされたのでございますか」

「今は話している時間がない。おれを隠してくれ。かくまってくれ」

とりあえずこちらへ、と木場が言った。おれは言われた通りカウンターの中へ入った。表からは見えない。おれはそこに座り込んで、男だと言った。

「身長百八十ぐらい。異常に痩せている。四十代の男だ。たぶん地味なグレーの背広を着ている。奴は必ず嗅ぎつけてこの店に来る。おれはここにいないと言ってくれ。どうにかして追い返してくれ」

「そうおっしゃられても……」

「頼む、木場さん、あんたが頼りだ」

「まあ、何とかやってみますが」木場の声がした。「しかし御前様、どうして一億も借金をしたのでございますか」

「おれが借りたわけじゃない」おれは首を振った。「友達の保証人になっただけだ」

「保証人？」

「そうだ。おれはそんなものになりたくなかったが、どうしてもと頼まれて断りきれなかった」

「お友達はどうされました」

「逃げた」おれは答えた。「借金を全部おれに押しつけて逃げたんだ」

「それは……」

「おれの借金じゃないんだ。だが、そんな理屈は高杉には通用しない。奴はおれがこの町にいることを、どういう手段でか知らないが気づいた。そのまま、ここへやってきた。おれの内臓をもぎ取るためにだ」

お待ちください、と木場がカウンターの中へ入ってきた。そのままおれの姿を見て、電話に手を伸ばした。

「どこにかける」

「商店街のみんなに相談をと思いまして」

「よせ。誰にも言うな」

「組合の決まりでございます。面倒事が起きた時は、組合員全員で対処すると」

木場がボタンを押した。誰か相手が出たのだろう。なにやら小声で話している。

気が気ではなかった。いつ高杉がやってくるか、わからなかった。

高杉はどういう手段でか、おれがこの町にいることを知った。その独特の嗅覚《きゅうかく》で、おれが逃げ込んだこの店に来るだろう。高杉の人間離れした能力を、おれはよく知っていた。

木場が受話器を置いた。どうした、とおれは聞いた。

「皆さんに連絡が回ります」木場が言った。「ただ早朝ですから、どうなるかはわかりません」

木場がカウンターの外に出て、お湯を沸かし始めた。何をのんびりそんなことをしているのか。

「開店の準備でございます」木場の声がした。「まもなく六時です。お客様がやってくる時間です」

その時、扉が開く音がした。姿は見えなかったが、それが誰なのかおれにはよくわかっていた。

「お客様、開店は六時でございます」木場の声がした。「もう少々お待ちくださいませ」

「コーヒーをください」

高杉だった。カウンターの薄い板の向こうに高杉がいる。おれは身を縮めた。

「まだ開店前でございます」木場が言った。「準備ができておりません。外でお待ちください」

「客じゃないんです」高杉が丁寧に言った。「ただ、コーヒーをいただきたい」

木場がカウンターの中に入ってきた。戸棚からカップを出す。

インスタントコーヒーをいれて、そのままカウンターの上に置いた。白い手が伸びて、そのカップをつかむのが見えた。

「これが評判の百円コーヒーですか」高杉が言った。「味がしませんね」

「何しろ百円でございますから」

木場が答えた。しばらく沈黙が続いた。

「……ご主人」高杉が言った。「この店に坊主が隠れていますね」

「何の話でございましょう」

木場が白《しら》を切った。高杉が薄く笑った。

「正確に言いましょう。坊主の格好をした男が、ここに逃げ込んできましたね」

「知りませんな」

「時間の無駄です。さっさとその男を引き渡してください」

わかってるんですよ、と高杉が言った。知りませんな、と木場が同じ言葉を繰り返した。

「何の話だか、わたくしにはさっぱりわかりません」

　カウンターが大きく鳴った。高杉が板を蹴ったのだ。

「面倒事は起こしたくありません。ここにいるのはわかってるんです。無理やり引きずり出してもいいが、ご主人に迷惑がかかる。だからわたしは紳士的にお願いをしているのです」

「何をおっしゃっているのか、よくわかりませんが、わたくしには関係のないことです」

「……テレビ、拝見しましたよ」高杉が言った。「木場組合長でしたね。ここの商店街の代表者だとか」

「そうでございます」

「この商店街を百円均一商店街に変えたのは、あなただということでした。いや、正確に言えばちょっと違います。番組によれば、坊主の勧めがあったからということでした」

「さようでございます」

「その坊主の姿を、わたしは見ました。わたしの捜している男とそっくりでした」

　高杉がなぜこの町に来たのか、それでわかった。高杉はあのテレビを見ていたのだ。そしておれがこの町にいることを知った。

　だが、おれも番組は見ていたが、おれが映ったのはほんの数秒、しかも木場の後ろでうろうろしているところだけだ。

　高杉はその数秒を見逃さなかったことになる。偶然というより、高杉の執念が感じられた。

「あなたたちはあの男を御前様と呼んでいるそうですが、あの男は坊主なんかじゃありません。笠井武といって、赤羽で印刷工場を経営していた男です。小さな町工場をね」

「それはそれは」木場が言った。「初耳ですな」

「あの男はわたしから金を借りている。一億もの金をね。それを返してもらわなければなりません」

「さようでございますか」

「しかし一億です。並大抵なことでは返せません。わたしとしてはその話し合いをしたい。返済の方法をね」

「なるほど」

「もういいでしょう。事情はおわかりのはずだ。さっさと笠井をそこから出してください」

もう一度高杉がカウンターを蹴った。もう駄目だ。どうにもならない。

おれは立ち上がった。カウンターに座っていた高杉がにっこりと笑った。その時、店の扉が開いた。

5

「いらっしゃいませ……おや、山源《やまげん》さん」

木場が言った。山源というのは商店街の焼き鳥屋だ。六十代で、髪は真っ白だった。

「笠井さん」高杉がおれの腕をつかんだ。「さあ、行きましょう」

カウンターの外に引きずり出された。高杉は細身だが力のある男だった。

「何をしている」山源が言った。「御前様に何をしている」

殺気立った声だった。高杉が振り向いた。

「あなたの言う御前様は、この男ではありません」どこまでも高杉の言葉遣いは丁寧だった。「この男は笠井といって、わたしから金を借りています。わたしはそれを返してもらいたいのです」

「止《や》めろ。御前様から手を離せ」

「そういうわけにはいきません」

行きましょうか、と高杉が腕を引っ張った。どうすることもできず、おれは高杉の後に続いた。

扉を開いた高杉の足が止まった。そこにいたのは、五、六十人ほどの老人たちだった。

「どいてください」

高杉が言った。だが、誰も動こうとしない。どいてください、と高杉がもう一度繰り返した。

「あんた、誰だ」

老人たちの中から声が飛んだ。高杉は黙殺した。おれを引っ張る腕は、力強かった。

「どういうことだ。御前様に何をしている」

再び老人たちの一人が怒鳴った。高杉が肩をすくめた。

「あなたたちの言う御前様はここにはいません。いるのは借金を抱えた哀れな中年男です」

「御前様のことか」

「その呼び名を使いたければ、そういうことです」

「いったい御前様が何をしたというのか」

「この男はわたしから金を借りています。彼には返済の義務がある。ただそれだけのことです」

高杉が歩き出そうとした。だが老人たちは動かなかった。

おれはその顔を見た。商店街の店主たちだ。木場からの緊急連絡に、何がなんだかわからないまま集まったのだろう。

だが、どの顔も不退転の意思を表していた。御前様に手を出す奴は許さない。そんな決意が表情に現れていた。

「御前様から手を離せ」老人の一人が叫んだ。「御前様を連れていくのは許さん」

そうだ、とみんなが騒いだ。デモのような光景だった。

「あなたたちはこの男に騙されている」高杉が冷静な口調で言った。「この男は坊主ではない。ただの印刷屋です」

みんなが黙った。とまどっているようだった。

無理もない。いきなりそんなことを言われても、どうしていいのかわからないだろう。

「この男は坊主のふりをして皆さんを騙していた。御前様とか呼ばれてその気になって、嘘八百を並べたてた。繰り返しますが、この男は坊主じゃない。ただの印刷屋なんです」

「あんたが言ってることが正しいのか、間違っているのか、それはわからん」老人の一人が言った。「だけど、わかることはある。あんたは悪人だ。それもかなり悪い。御前様が坊主であろうがなかろうが、放っておくわけにはいかん」

そうだ、そうだ、と老人たちがわめき出した。さすがに高杉もどうすることもできない。ただ黙っているしかなかった。

「御前様の手を離せ」

誰かが叫んだ。老人たちが前に出て、おれと高杉の間に割って入ろうとする。

やめてください、と高杉が怒鳴った。こんな声を出すのかと思った。

「あなたたちはわたしのことを悪人だと言う。しかしそれは間違っている。この男はわたしに金を借りた。借りた金を返してもらうのが、どうして悪いことなのですか。子供でもわかる話だ。借りた金は返さなければならない」

「いくら借りてるんだ」

「元利合わせて一億と少し」高杉が答えた。「この男には返済の義務がある」

一億、と聞いて誰もが黙り込んだ。貧乏商店街には、想像もつかない額だったのだろう。

「あんた、御前様にどうやって返させるつもりかね」

「働いてもらいます」高杉が笑った。「わたしの知ってる職場でわたしの知ってる仕事をして。それでも足りなければ仕方ありません。肝臓でも売ってもらうことにしましょうか」

またみんなが無言になった。高杉が、言ったことはやる男だと誰もが理解していた。高杉ならおれの体をバラバラにしてしまうだろう。

「……それは、どのぐらいの時間をかけるおつもりですか」

いつの間にか、おれたちの後ろに立っていた木場が質問した。意外な、という顔で高杉が振り向いた。

「わかりません。十年かかるか、二十年かかるか、いずれにしてもきっちり全額返済するまで、この男には働いてもらいます」

「よろしい」木場が言った。「その一億円、わたくしどもが払いましょう」

どよめきが起きた。おれは何が起きたのかわからなかった。

6

木場は落ち着いた表情だった。高杉が冷たい笑みを浮かべた。

「一億をあなた方が払うと？」

「さようでございます。十年かけてお支払いいたしましょう」

「百円コーヒーの喫茶店が？」

「あなたはわたくしの言ったことをわかっていない。わたくしは、わたくしどもが払います と申し上げました。わたくしどもというのは、この商店街のことでございます」

「木場さん、無茶だ」おれは怒鳴った。「そんなこと、あんたたちにはできない」

「商店街は百四の店舗から成り立っております」木場が辺りを見回した。「百四店の店々が、年間一千万ずつ御前様の借金を返します。何か問題でもありますかな」

「そんな迷惑はかけられない」

「迷惑などではございません。死に体だったこの商店街を生き返らせてくれたのは、御前様でございます。その恩を考えれば、一億円など安いもの」

高杉さんと申されましたな、と木場が言葉を続けた。

「あなたは御前様を働かせると言った。しかし、一億です。普通の人間が普通に働いて返せる額ではない。よほど危険な仕事を、しかも劣悪な状況であなたは御前様を働かそうとしている。違いますかな」

何とも言えない、と高杉が肩をすくめた。そうであるなら、と木場が声を大きくした。

「その途中で御前様が命を落としてしまうことも十分に考えられます。生きているうちはいい。ですが、死んでしまったら？　元も子もございません。借金はそのまま、あなたにとっては大損」

高杉はスーツのポケットから煙草を取り出して、一本口にくわえた。火はつけなかった。

「それに対してわたくしどもの提案はこうでございます。十年いただきたい。年間一千万円ずつ返済いたしましょう。利子は勘弁していただきたい。同じ十年かけるならば、よほどその方が確かだとは思いませんか」

高杉が口をすぼめた。何か考えているようだった。老人たちがおれたちの周りを取り囲んだ。

「……考えてもいい提案ですね」高杉が言った。「確かに、あなたのおっしゃる通りだ」

「話はついたようですな」

木場が言った。高杉がおれの腕を離した。

「出直すことにしましょう」高杉が言った。「またすぐ来ます」

「お待ちしております」

高杉が歩き出した。老人の群れがふたつにわかれた。去っていく高杉の背中に木場が声をかけた。

「高杉さん」

「何か？」

高杉が振り向いた。木場が手を出した。

「コーヒー代をいただいておりません。百円でございます」

苦笑を浮かべた高杉がポケットから小銭入れを取り出して、百円玉を出した。

ありがとうございます、と木場が受け取った。

「百円を笑うものは百円に泣くと申しますからな」

高杉が無言でその場を去っていった。歓声が上がった。

「木場さん」おれは頭を下げた。「申し訳ない」

「つまらないことです」

木場が首を振った。迷惑はかけられない、とおれは言った。

「おれはすぐこの町から離れる。どこへ行くかは自分でもわからん。もう一度あの男が来たら、おれは逃げたと伝えてくれ」

「どちらへ逃げるというのです？」

「それは……わからん」

「わたくしも伊達《だて》に長生きはしておりません」木場がまた首を振った。「あの男はどこまでも御前様を追い続けるでしょう。どこへ逃げ、どこへ隠れても必ず見つけ出します。あれはそういう男です」

「……あんたの言う通りだ」

「それなら、この町にいても同じでしょう。借金のことは気にする必要はありません。商店街が必ず返してみせます」

「そこまでしてもらう義理はない」

「何をおっしゃいます。御前様、死にかけていたこの商店街を生き返らせてくれたのは御前様でございます。単に生き返らせてくれたのとは違います。御前様は我々に働く喜びと生きがいを与えてくださいました。その恩に報いるためなら、一億円など安いものです。たかが年間一千万円でございます。商店街全店舗合わせれば百四店。一店舗でならせば年間十万弱。それぐらい、御前様が生き返らせてくれたこの商店街にとっては、不可能な額ではございません」

「しかし……いくらあんたが組合長とはいえ、独断で決められることじゃないだろう」

「独断ではございません」木場が老人たちを見た。「皆、そのつもりでございます」

おお、とみんなが腕を高く上げた。何ということだろう。おれは感動するというより、呆然としていた。

「御前様、この町にいてください。あなたはニセ坊主かもしれない。だが、それでもいいのです。老人たちには信じるものが必要なのです。この町にいてください」

「しかし……しかし……」

「開店の時間でございます」木場が時計を見た。「中にお入りください。ゆっくり話し合いましょう」

「……いいのだろうか」

「気にすることはございません。とりあえずコーヒーでもいかがですか」

百円コーヒーをか、とおれは弱々しく笑った。さようでございます、と木場が大きく笑った。

「とにかく、中へどうぞ」木場が大きく扉を開いた。「みんな、開店しますぞ」

老人たちがおれと木場を追い抜いて、店の中に入っていった。木場が口を開いた。

「御前様、ひとつだけお願いがあります」

「……何だ」

「これからは、わたくしたちがポックリ逝かないように祈っていただきたいのです」

まだ死にたくはございませんので、と木場が言った。その顔は喜びに満ちていた。

「……わかった」おれはうなずいた。「祈らせてもらおう」

よろしくお願いします、と頭を下げた木場が店の中に入っていった。コーヒーを、という声が聞こえた。

いいのだろうか。甘えてしまっていいのか。おれにはわからなかった。

だが、とにかく話は進んでしまっている。乗っかるしかなさそうだった。

おれは店に入った。丸椅子が用意されていた。

「コーヒーをひとつ」

少々お待ちを、と木場がうなずいた。しばらくすると、店内にインスタントコーヒーの香りが漂い始めた。

解説

細谷《ほそや》正充《まさみつ》
（文芸評論家）

栄《えい》枯《こ》盛《せい》衰《すい》は世の習い。誰の言葉かは知らないが、至言といっていい。繁栄の時代が永遠に続くことはなく、すべては別のものに取って代わられ、衰えていくのだから。それを身近に象徴しているのが、シャッター商店街である。

戦後、地域の商業圏の中心として発展していった商店街だが、モータリゼーションが進んだ一九八〇年代に入ると、しだいに郊外店に客を奪われるようになった。さらに二〇〇〇年になり、大規模小売店舗法が改正されると、巨大ショッピングモールが郊外に乱立。完全に人の流れが変わってしまった。このことと、店主の高齢化や跡継ぎ不足により、地方の商店街で閉店が相次いだ。その結果、シャッターを閉めた店ばかりが並ぶ〝シャッター商店街〟が、山のように出現したのである。一時期、ニュース等で盛んに取り上げられていたので、ご存じの人も多いだろう。

五十嵐貴久の『こちら弁天通りラッキーロード商店街』は、そんなシャッター商店街を舞台にした、痛快エンターテインメントである。「小説宝石」二〇一二年一月号から十一月号にかけて連載。翌一三年一月に光文社より、単行本が刊行された。物語は、主人公が東京から逃げ出す場面から始まる。

赤羽《あかばね》で小さな印刷工場を営んでいた笠井《かさい》武《たけし》は、知人の連帯保証人になったことから、億に近い借金を抱えることになった。しかも金を取り立てにくるのは、高杉《たかすぎ》というやくざ者である。妻と偽装離婚し、工場も畳んだ笠井は、発作的に電車に乗り、あてもなく群馬県の大前泊《おおまえどまり》という駅で降りた。自暴自棄になりコンビニで弁当を万引きし、弁天通りラッキーロード商店街を抜け、得利寺という無人の寺に転がり込む。だがこれが笠井の、そしてラッキーロード商店街の転機となる。

翌日、寺にやってきた商店街の組合長で、喫茶店の主人の木場《きば》から、新たな住職と誤解された笠井。集まってきた商店街の老人たちから、ポックリ逝《い》くよう祈禱《きとう》してくれと懇願される。聞けば、自身もポックリと逝った、前の住職の祈禱が効き目抜群だったというのだ。いろいろ勘違いがあるようだが、老人たちは真剣だ。なぜなら、ショッピングモールに客を取られ、シャッター商店街になり、前途に何の希望もないからである。かろうじて開いている木場の喫茶店も、一日に四、五人、客がくればいい方だという。

あまり金のない笠井は、安くコーヒーが飲みたいため、木場の店の商品を百円で統一することを提案。祈禱を餌に、しぶる木場を納得させる。ところがこれが大当たり。儲《もう》けは出ないものの、客が詰めかけた。それを知ったパン屋や文房具屋からも店の活性化を頼まれるが、笠井の持ちネタは百円均一だけ。でもそれが商店街を巻き込んだ、大きな動きになっていくのだった。

寂れた地方都市や、特定の地域を活性化する。時代の状況に合わせ、二〇〇〇年代になってから、そのようなエンターテインメント作品が増加した。シャッター商店街を再生させる本書も、そうした系譜に連なる一冊といっていいだろう。だが、再生の方法が変わっている。なんでもかんでも百円均一というのは、あまりに適当なアイディアだ。こうやってアイディアだけ取り出すと、無理無茶無謀と断言したくなる。

ところが作者は、主人公のキャラクターと商店街の状況を組み合わせて、百円均一を成立させた。まず笠井だが、本人がどん詰まりである。自分のことしか考えられず、木場の店を百円均一にしようとしたのも利己的な理由だ。駄目なら駄目でかまわないという、投げやりな気持ちがあるから、いくらでも過激な提案ができるのである。

しかし、ポックリ逝くことを願う老人たちは、木場の存在と言葉にすがるしかない。どうせ店を開いていても赤字なら、乗ってみてもいいではないか。閉めた店に死蔵している商品なら、百円でもいいではないかと信じ始める。……いや、こんな風に書いていても、やっぱり無茶だと思うのだが、そう感じさせない物語の勢いと、語り口の巧さで、いつの間にか百円均一を納得してしまうのだ。会話を多用して、するりと読者を物語世界に入り込ませる、作者の手腕はさすがである。

そうそう、語り口の巧さに関連して、注目したいものがある。本書の刊行に合わせて「小説宝石」二〇一三年二月号に掲載されたエッセイだ。そこで作者は、自身の喫茶店へのこだわりを披露した後、木場の喫茶店についてこう述べている。

「もちろん、七〇オーバーの老人がやってる店なので、音楽などについては言及しておりません。というか、音楽なんか流れていない店を想定していたのだと思います。

そんな店で、決して座り心地のいい椅子でもなく、ただ煙草が吸えるという設定にはしておきました。作中、主人公を含めて煙草を吸うシーンはそう多くないのですが、やはりわたしとしては煙草を吸える店ということにしておきたかった。老人が経営しているお店というのはそうあるべきでしょう」

本書で〝どこにでもあるような、平均的な喫茶店だった〟と書かれている店にも、これだけの設定がある。笠井と木場の会話の端々から、それが窺《うかが》えるようになっている。本書は長篇としては決して長くないが、ガッツリした読みごたえが感じられる。その訳は、こんなところにもあるのだろう。

ついでに付け加えれば、笠井が赤羽の小さな印刷工場を経営していたという設定もいい。戦前から凸版印刷東京工場のあった赤羽は、高度経済成長を背景に、昭和四十年代から印刷関連工場が急速に増加した。しかし印刷技術の進化や、印刷業界を取り巻く状況の変化により、二〇〇〇年代に入ると、印刷業界も縮小の一途をたどっている。小さな印刷工場は、廃業したところも少なくない。笠井が、儲け話に目がくらみ、連帯保証人を引き受けた背景には、このような事実があったと思われる。時代の流れによって苦境に陥っている笠井と商店街の人々は、同じ側の人間といえるのだ。

だけど作者はそれを、はっきりと書かない。物語の土台に埋め込み、作品の強度を高めているのだ。ひとつの作品に、いったいどれだけのものが埋まっているのか。いろいろと考えてみるのも一興である。

閑話休題。シャッター商店街を巡るドタバタ騒ぎは、笠井の抱える事情も絡めながら、気持ちのいい着地を決める。未読の人もいるだろうから、詳しく書くことは控えよう。その代わりではないが、終盤で伝わってくる、商店街の人々の想いに触れておきたい。

彼らが、ポックリ逝くための祈禱を執拗《しつよう》に求めたのはなぜか。未来に希望がなかったからだ。年金があるので、最低限の生活はできる。でも、赤字の店や、閉店した店を、死ぬまで抱えていくしかない。そんな日々が、楽しいといえるのか。だから、笠井の無茶なアイディアに乗った。ドタバタ騒ぎの中で、あらためて自分の人生を見つめた。そして、働くことの喜びと、生きる意味に気づくのである。

日本中にシャッター商店街を生み出した、郊外型ショッピングモールも、経営難によって撤退するところが増えてきた。まさに栄枯盛衰は世の習いである。だが、ますます衰微している現在の地方に、したり顔の評論は必要ない。求められるのは、未来への希望だ。無理だと思ってもやってみる実行力だ。それが、ここにある。だから〝ラッキーロード商店街〟の光景が、私たちに勇気を与えてくれるのである。

二〇一三年一月　光文社刊

光文社文庫

こちら弁《べん》天《てん》通《どお》りラッキーロード商《しょう》店《てん》街《がい》

著　者　五《い》十《が》嵐《らし》貴《たか》久《ひさ》

2016年12月20日　初版1刷発行

発行者　鈴木広和
印　刷　堀内印刷
製　本　榎本製本

発行所　株式会社 光文社
〒112-8011　東京都文京区音羽1-16-6
電話（03）5395-8149　編集部
8116　書籍販売部
8125　業務部

ISBN978-4-334-77393-9　Printed in Japan

組版　萩原印刷